SPADA-LA-RAPIÈRE

Imprimerie A. DERENNE, Mayenne. — Paris, boulevard Saint-Michel, 52.

HIPPOLYTE VERLY

SPADA

LA RAPIÈRE

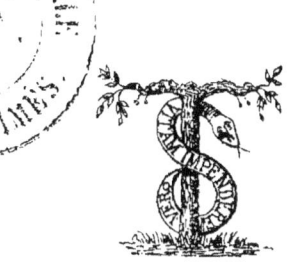

PARIS

LIBRAIRIE SANDOZ ET THUILLIER

4, Rue de Tournon, 4

NEUCHATEL | GENÈVE
LIBRAIRIE J. SANDOZ | LIBRAIRIE DESROGIS

SPADA-LA-RAPIÈRE

I

LES QUATRE JUMEAUX

Le premier dimanche d'avril de l'année mil cinq cent cinquante-trois, il y avait grand émoi dans la rue Esquelmoise, qui était la principale du quartier Saint-Étienne, en la forte ville de Lille-en-Flandre. C'était pourtant le jour de Pâques, et chacun sait que les Flamands, bons vivants autant que bons chrétiens, ont toujours eu coûtume de compenser les quarante jours d'abstinence annuelle prescrits par l'Église, en exécutant à la lettre le proverbe canonique :

« Pâques, que Dieu bénisse :
« Long dîner, court office. »

Mais ce jour-là, les bonnes gens du quartier paraissaient négliger au moins la moitié de ce consolant aphorisme, car, bien qu'il fût midi, heure ordinaire du repas sérieux à cette époque, la rue présentait le spectacle d'une animation inaccoutumée. Pas une porte qui ne fût ouverte, pas un auvent qui n'abritât un groupe bruyant dont l'élément féminin constituait la majorité. Les principaux foyers de cette agitation bavarde étaient deux logis contigus, d'extérieur tout différent : celui d'un opulent bourgeois, maître Lardinois, marchand drapier à l'enseigne du *Mouton-d'Or,* gothique maison de bois, large et haute, à trois étages surplombants, sculptée de la base au faîte, dont la vaste boutique, restée ouverte, était remplie de visiteurs en habits de fête ; et celui du sire de Beaurepaire, superbe et noble hôtel dont on apercevait les pignons à degrés et les tourelles pointues au fond de la cour, par les portes béantes de sa muraille crénelée.

Ici, les commérages plébéiens, au lieu de pénétrer librement comme chez le drapier, s'arrêtaient à ce mur hautain ; les hôtes plus rares qui dépassaient le seuil, étaient tous gens de fière mine qui se bornaient à échanger entre eux des saluts cérémonieux.

L'évènement qui mettait ainsi les habitudes à l'envers et confondait dans l'attention populaire un palais seigneurial et un logis roturier, n'avait rien qui intéressât l'Église ni l'État : il ne s'agissait ni d'une protestation contre l'Inquisition, qui cherchait alors à prendre pied dans le pays, ni d'une manifestation approbative en faveur des résistances de l'échevinage. Le fait était de caractère absolument pacifique et privé : c'était un double accouchement, qui constituait un double phénomène. La dame Lardinois et la baronne de Beaurepaire venaient de mettre au monde, à la même heure, quatre jumeaux : l'une deux garçonnets chétifs, l'autre deux vigoureuses petites damoiselles.

— C'est comme deux couples faits d'avance par le bon Dieu, dit en manière de conclusion une joviale bourgeoise qui songea enfin à rejoindre son hochepot.

— Voire ! répondit le majordome de l'hôtel, qui entendit l'observation. La truie ne saurait anoblir le cochon !

— De franc-bourgeois à gentilhomme il n'y a pas l'épaisseur de ce mur, riposta un marchand en montrant la séparation mitoyenne des deux habitations.

— Vassal, ajouta violemment un autre, rappelle-toi que ton maître, tout baron qu'il soit, est le subordonné de l'échevin Lardinois !

— C'est bien dit, par Notre-Dame ! crièrent la plupart des badauds en colère, — et le majordome commençait à se sentir mal à l'aise sous une grêle d'apostrophes, lorsqu'une intervention soudaine vint le tirer d'affaire.

— Là, là, compères ! maître Berthould a toujours la plaisanterie un peu lourde... et il est de corvée. Il faut lui pardonner, afin que nos quatre nouveau-nés aient en ce bas monde une entrée paisible et de bon augure. Regagnez vos demeures, si vous ne voulez que la cloche des vêpres interrompe votre dîner, et rappelez-vous que vous êtes tous conviés aux fêtes de baptême. Il y aura table ouverte à tout venant, dimanche prochain, à *l'Écu d'Artois* !

Une bordée de hourras salua l'alléchante diversion de maître Lardinois, car le nouveau venu n'était autre que le drapier lui-même, qui s'était arraché aux félicitations de ses voisins et amis pour couper court à une querelle qui lui déplaisait. Il distribua quelques poignées de main, quelques brefs remerciements, puis regagna sa porte pendant que la foule se dispersait de son côté.

Lardinois, qui joignait, comme on vient de le voir, la dignité de membre du Magistrat à celle non moins enviable de syndic de la corporation des drapiers, n'était rien moins qu'un bourgeois de comédie. Grand, robuste, le visage large et bienveillant, le teint coloré, les

cheveux blonds quelque peu grisonnants, il
pouvait passer pour un bel échantillon de cette
forte race flamande tout à la fois flegmatique
et turbulente, industrieuse et guerrière. Il
descendait d'une des plus vieilles familles de
la ville, passait pour très riche, et était devenu
populaire à cause de sa générosité et de son
empressement à obliger autrui. Un tel homme
devait compter nécessairement parmi les personnages considérables, dans une cité où la
hiérarchie communale absorbait et dominait
toute autre distinction. Ainsi en était-il, en effet.

— Viens çà, Pierre ! cria-t-il, en se retournant sur les marches de sa porte, à un chérubin d'une dizaine d'années qui jouait sous l'auvent avec quelques enfants dont les parents
étaient encore dans la maison.

L'enfant obéit, et bientôt après, les derniers
visiteurs s'étant retirés, les apprentis fermè-
rent huis et contrevents, et la haute maison
gothique devint silencieuse comme celles
des environs, y compris le noble hôtel de
Beaurepaire.

Le dimanche suivant, les salles, cuisines et celliers de l'hôtellerie de l'*Écu d'Artois* ne chômèrent point de clientèle depuis le lever du soleil jusqu'au couvre-feu. Ces ripailles plénières coûtèrent la vie à plusieurs individus des espèces bovine, ovine et porcine, et à des familles entières de gallinacés, sans compter les chrétiens qui périrent de male-digestion — le tout aux frais et dépens du munificent échevin.

Ceux qui célébraient, le pot en main et la bouche pleine, la naissance des petits Lardinois, ignoraient encore qu'un triste contre-temps venait de rendre superflue la moitié de leurs rasades et de leurs refrains votifs : l'un des deux jumeaux, en effet, avait succombé dans la nuit, après s'être faiblement débattu pendant une semaine dans les griffes de la mort. Bien que ce dénouement néfaste fût prévu depuis plusieurs jours, l'amphitryon n'avait pas voulu contremander les largesses promises ; il s'était borné à n'y point assister de sa personne.

Le trépas du petit être si insignifiant qu'on pouvait à peine l'appeler un enfant, devait entraîner des conséquences que personne n'aurait pu prévoir, hormis Dieu qui sait tout. La première de ces conséquences fut un rapprochement intéressé entre les deux voisins de condition différente, le gentilhomme et le marchand. La baronne de Beaurepaire, qui n'était « haute et puissante » que sur ses parchemins, avait voulu allaiter de son propre sein sa double progéniture, et sous ces deux bouches vivaces et voraces la pauvre femme avait fondu comme cire au soleil d'août, tant et tant qu'on s'attendait à la voir passer d'un jour à l'autre. Au contraire, la belle bourgeoise, haute de taille, puissante de poitrine, blanche et rose, appétissante et bien en point autant que pas une Flamande au pays de Flandre, aurait noyé du surplus de son lait un demi-quarteron de mioches supplémentaires et ne s'en serait trouvée que mieux. Ce contraste, rendu plus éclatant et plus douloureux encore par le décès de la noble dame, qui suivit de près celui du petit bourgeois, décida le seigneur de Beaurepaire à tenter auprès de son débonnaire voisin une démarche diplomatique qui réussit à merveille, malgré sa nature délicate. Le résultat en fut que, dès le lendemain, les berceaux armoriés des jumelles étaient transportés dans la maison gothique et l'espoir de la famille baronale suspendu aux mêmes mamelles que l'unique cadet des Lardinois.

Cette combinaison, si honorable pour les sentiments et la santé de la plantureuse bourgeoise, eut à son tour pour conséquence naturelle de créer de part et d'autre des obligations et des liens qui établirent sur la base d'une égalité à peu près complète les relations entre les deux familles. La dame Lardinois s'habitua à considérer comme siennes les filles de sa noble voisine, et celles-ci à considérer comme leurs frères non-seulement le jumeau survivant, mais aussi le chérubin Pierre, bien qu'il fût leur aîné de dix ans.

Les années s'écoulant, les quatre enfants grandirent ainsi côte à côte, recevant les mê-

mes leçons, prenant part aux mêmes jeux, jusqu'au jour où, le baron de Beaurepaire ayant
convolé en secondes noces avec la damoiselle
de Douxlieu, personne hautaine et impérieuse,
la nouvelle baronne exigea que ses belles-fil-
les, déjà grandelettes, réintégrassent le palais
paternel. Cette séparation, qui causa grand
chagrin aux bons époux Lardinois, fut la cause
du changement qui s'opéra peu à peu dans
la nature de l'affection qui unissait les quatre
enfants, en leur révélant pour la première fois
que leur fraternité n'était qu'apparente, et en
apportant dans leur familiarité des obstacles
et des interruptions, c'est-à-dire des excitants
jusqu'alors inconnus. Une nouvelle vie commença dès ce moment pour eux, la vraie vie
avec ses inégalités et ses conventions nées de
la vanité humaine, avec ses passions, ses révoltes et ses souffrances ; et c'est aussi de ce
moment que commence véritablement la présente histoire.

II

AVENTURE NOCTURNE.

— Tu crieras « Vive la Messe! » et « Vive le Pape! » ou tu seras baptisé à neuf avec la bonne bière que voici!

— Qu'est-ce à dire, maroufles ? Allons, au large! sinon je vous fais pendre à votre rentrée au château !

— Oh, oh! voilà un jeune merle qui siffle bien haut !

— Il insulte les troupes de S. M. Catholique !

— Apprends que la potence est faite pour les hérétiques de ton espèce !

— Sus au butor !

— Mettez à l'air les tripes de ce porc !

— Haro sur le parpaillot !

— Mort au suppôt du diable !

Une douzaine d'épées, tirées à l'instant du fourreau, formèrent comme un buisson lumineux dans la zone éclairée par les fenêtres de la taverne du *Roi de Castille* ; l'homme ainsi provoqué, se débarrassant de son manteau, s'était lestement adossé à la muraille pour éviter d'être entouré et avait dégaîné à son tour sans daigner répondre un mot de plus. Mais, autant que la pénombre où il se trouvait permettait d'en juger, il ne semblait pas de carrure à soutenir longtemps un assaut qui eût exigé la force d'un hercule, et l'issue de l'aventure n'était guère douteuse. Les brutales exclamations de triomphe qui se mêlèrent presque aussitôt au froissement des épées et aux jurons des assaillants indiquèrent, en effet, que leur victime était déjà touchée. Le gentilhomme continuait à ferrailler avec adresse et vigueur, mais l'affaire s'était engagée dans des conditions trop défavorables pour que sa résistance pût se prolonger longtemps; il sentait ses forces fuir avec son sang et s'attendait à recevoir d'instant en instant le coup de grâce, lorsqu'un choc d'une violence extrême dispersa tout à coup le groupe de ses persécuteurs, culbutant les uns dans la fange du ruisseau, refoulant les autres, qu'une grêle de coups fit battre en retraite sous l'arcade du cabaret, tandis qu'une voix sonore s'élevait dans l'obscurité :

— Holà, mes maîtres! douze contre un, n'avez-vous pas honte ?

Alors, on vit, sous les fenêtres de la taverne, debout, campé en pleine lumière, les bras croisés, un homme de proportions athlétiques. Il était seul, sans manteau, vêtu d'un justaucorps de cuir, et coiffé d'un feutre à larges bords ; à son côté pendait une longue et lourde épée qu'il n'avait point jugé utile de tirer du fourreau.

— Quel est ce rustre ? s'écrièrent les soudards, qui se remirent de leur panique quand ils ne virent en face d'eux qu'un ennemi solitaire. A la rescousse !

— Si c'est du fer qu'il vous faut, répondit l'inconnu sans s'émouvoir et en faisant simplement un geste de la tête, j'en ai là pour tout le monde : chacun sait que La Rapière n'a jamais manqué à sa clientèle !

— La Rapière ! répétèrent les soldats, — et ce nom refroidit visiblement leur ardeur; quelques-uns rentrèrent en se frottant les côtes, les autres rengaînèrent en murmurant des explications qui rappelèrent l'attention du nouveau venu sur celui que son intervention avait dégagé à point.

— Êtes-vous blessé, monsieur ? lui dit-il en s'approchant.

L'homme n'avait point bougé; il s'accrochait plutôt qu'il ne s'adossait à la muraille.

— Dieu me pardonne, c'est monsieur du Harnel !

— Lui-même, qui vous a toute sorte d'obligations de l'avoir tiré des mains de ces drôles... mais qui ignorait jusqu'à présent que Pierre Lardinois et La Rapière ne fissent qu'un.

— Gardez cela pour vous, messire. Il n'est

pas utile que le secret de cette dualité trans-
pire : l'épée du bretteur ferait tort à l'aune du
drapier.

— Je vous dois la vie, je serai discret.

— Votre parole me suffit. Voyons les crevés de votre peau... Appuyez-vous sur moi et
approchons des fenêtres... Bien !... Deux esta-
filades au bras ; ceci n'est rien... Une entaille
dans les côtes, c'est plus sérieux ; mais elle a
bien saigné, votre pourpoint en est tout mouillé.
Il faut vérifier cela. Le logis de Matapan est à
deux pas d'ici et je m'y rendais : pourrez-vous
marcher jusque-là ?

— Je l'espère, et cependant la tête me
tourne...

— C'est l'effet de la saignée ; mais alors pas
de mouvements, et laissez-moi faire !

Le robuste bourgeois enleva le blessé dans
ses bras, comme s'il se fût agi d'un enfant, et,
s'éloignant à grands pas, disparut avec son fardeau dans les ténèbres d'une ruelle voisine,
pendant que les soudards reprenaient leur orgie
autour des tables du *Roi de Castille*.

Le lieu témoin de cette algarade était un des endroits les plus mal famés de Lille, appelé la place Comines, et sis en un quartier séparé du reste de la ville par un canal boueux bordé de noires bicoques servant d'usines à des teinturiers. Un des ponts étroits qui franchissaient l'eau formait l'une des issues de ce carrefour, lequel constituait ainsi un chemin de traverse pour gagner un autre quartier mieux habité, celui de l'Abbiette, où se tenaient, disait-on, les conciliabules des protestants. Le sire du Harnel, qui était « de la vache à Colas », comme on disait alors, habitait l'Abbiette ; c'est ce qui expliquait sa présence dans ces parages et la malheureuse inspiration qui avait failli le conduire au ciel par la plus courte voie.

Il faut dire qu'on était alors au mois de septembre 1572, et que la nouvelle des massacres qui venaient d'ensanglanter la France, en se répandant partout, avait surexcité les haines religieuses et les passions politiques au lieu de les éteindre. Le contre-coup de ces sombres évènements s'était fait très vivement sentir dans les·Flandres : bien que les Pays-Bas ne relevassent point à cette époque de la couronne française, la propagande réformiste n'y était pas moins active qu'ailleurs, et les antagonismes religieux s'y compliquaient de rivalités locales avivées et entretenues par les divers partis qui convoitaient la possession d'une si riche proie. Il y avait, notamment, la faction espagnole qui représentait le pouvoir légal et régulier, le comte de Flandre n'étant autre que S. M. Catholique ; il y avait le parti du prince d'Orange, lequel tenait pour la religion réformée ; il y avait aussi le parti français, peu regardant sur la question de doctrine, mais désireux avant tout de renouer la vieille tradition et de retourner à la suzeraineté du roi de France en décernant le comté de Flandre au duc d'Alençon ; enfin, à Lille même, deux autres partis moins nombreux, mais tout aussi remuants, commençaient à se manifester : l'un, patronné par le Magistrat lui-même, prétendait tenir la ville et la châtellenie en dehors des luttes du moment, qui paralysaient le commerce, et en faire une sorte de territoire neutre ; l'autre, celui des Malcontents, composé surtout de nobles irrités de ne plus avoir de sécurité dans leurs propres châteaux, ne parlait de rien moins que de tenir la campagne et de frapper indistinctement sur tous les assaillants.

Les choses étant ainsi, il n'y avait donc pas lieu de s'étonner si la ville, naguère paisible après le soleil couché, présentait sur certains points l'aspect tumultueux et vibrant qui est comme le prélude des guerres civiles.

La place Comines, sorte de carrefour interlope et biscornu où aboutissait un écheveau de ruelles borgnes, était l'un de ces endroits-là, par la raison qu'il était peu hanté par les sergents de la prévôté, qu'il était aussi facile à défendre que favorable à l'escapade, qu'il était enfin amplement pourvu de tavernes et de ribaudes.

On avait mené grand train, ce soir-là, au *Roi de Castille*, l'un des vide-pots préférés des mercenaires espagnols qui tenaient garnison dans le château au nom du roi Philippe. De loin on voyait les quatre petites fenêtres cintrées du cabaret flamboyer comme des étoiles jaunes dans l'obscurité de la nuit ; et à mesure que l'on approchait, on distinguait derrière le réseau de plomb du vitrail les détails caractéristiques d'une orgie soldatesque, agrémentée de refrains bravaches et gaillards.

La vogue du *Roi de Castille* semblait avoir effarouché pour le moment ses concurrents, car les autres cabarets de l'endroit, hermétiquement clos, étaient déjà plongés dans le sommeil mélancolique des auberges sans clientèle ; seule, une lanterne lointaine piquait d'une paillette rougeâtre la brume qui commençait à s'élever des canaux voisins : elle brûlait silencieusement au bout d'une potence de fer, au fond de la cour des Reigneaux, ruelle qui débouchait à côté de la taverne espagnole, et servait d'enseigne à un établissement bizarre, objet d'horreur pour les bourgeois paisibles, lieu fameux parmi les hommes de guerre, les

jeunes gentilshommes, les miliciens convain-
cus, les coupe-jarrets, malandrins et truands
de tout acabit : c'était la salle d'armes de Matapan, le plus illustre spadassin de toutes les
Espagnes, que l'on considérait généralement
comme un espion à demeure, envoyé de Madrid à Lille pour une foule de raisons étran-
gères à l'art de l'escrime.

III

UNE SALLE D'ARMES AU XVIe SIÈCLE

La porte à côté de laquelle brûlait la lanterne solitaire était une arcade de pierre à cintre plein, que fermait un lourd battant aussi bardé de fer qu'un chevalier des anciens temps. Au-dessus, on voyait une unique fenêtre, étroite, garnie d'épais barreaux croisés, qui semblait plutôt destinée à servir de judas ou de meurtrière qu'à éclairer un réduit quelconque; cette ouverture commandait toute l'enfilade de la ruelle jusqu'à la place Comines, tandis que son armature ne laissait pénétrer aucun regard à l'intérieur; puis venait le toit, haut et moussu, qui l'aveuglait à demi comme un chapeau d'aventurier rabattu à dessein sur

les yeux. En étendant les bras on pouvait em-
brasser toute la largeur de cette façade farouche ; en se haussant sur la pointe des pieds on
en touchait presque le haut : tel était à l'extérieur le logis du seigneur Matapan, le plus fameux des maîtres ès armes. Il avait bien,
comme disaient les bonnes gens, la physionomie du métier, car au milieu des hautes maisons de bois qui l'entouraient, et dans lesquelles grouillait tout un peuple de gouges et de
sacripans, il faisait l'effet d'un bravo accroupi
dans l'ombre pour guetter les passants.

Il fallait pousser la porte et avancer d'une
trentaine de pas dans un corridor obscur qui y
faisait suite, pour s'apercevoir que cette demeure étrange ne ressemblait point à l'idée
qu'en donnait son apparence. On se trouvait
alors dans une sorte d'avant-cour, au fond de
laquelle régnait un vaste bâtiment de pierre
qui avait une issue de meilleure mine sur la
place des Reigneaux, en face de la porte de la
ville ; mais cette issue-là, régulièrement close
au premier coup du couvre-feu, n'était point

celle, on le devine, qui plaisait le mieux aux habitués du lieu.

Les fenêtres du rez-de-chaussée étaient, ce soir-là, comme tous les autres soirs, largement illuminées, et l'aspect de la cour, transformée en champ clos et éclairée par plusieurs lanternes, achevait de prouver que le maître de céans ne vivait point en ermite. Divers groupes, en effet, entouraient des jouteurs qui se livraient en plein air à des combats simulés à l'épée et à la hache ; mais le bruit de leurs ferraillements et de leurs contestations, lazzis, exclamations et rires, bien qu'assez fort pour troubler le sommeil des voisins paisibles, si ce quartier avait comporté de tels habitants, ne parvenait point à couvrir des échos analogues qui s'échappaient, plus tumultueux encore, de la salle intérieure.

La physionomie de celle-ci était plus intéressante, parce qu'elle se développait en pleine lumière, ce qui permettait d'en saisir tous les détails. C'était une immense salle, au plafond formé d'un entrecroisement de grosses poutres

noircies par la fumée des torches. D'un bout à
l'autre, les murs étaient couverts de râteliers
où les armes les plus diverses se trouvaient ap-
pendues : épées de toute sorte, de cheval et
de pied, à une ou à deux mains, longues ou
courtes, plates ou côtelées, droites ou courbes,
pointantes, taillantes ou mi-partie, glaives, bret-
tes, estocs, braquemarts, rapières, colichemar-
des, cimeterres, dagues, francines, yatagans,
navajas, poignards, stylets, haches, pertui-
sanes, piques, hallebardes, masses, marteaux,
chaînes à boules, maillets, massues et bâtons, armes de jet et armes à feu, cottes de
mailles, boucliers, cuirasses, jambières, gante-
lets, casques, morions, salades, plastrons de
buffle ; il n'était pièce d'attaque ou de défense
usitée dans la chrétienté ou chez les infidèles
qui ne figurât dans cette collection flamboyante.
De plus, on voyait dans un coin, rassemblé en
un panneau spécial, le matériel particulier, armes courtoises et ajustements protecteurs, qui
servait au maître et à ses lieutenants pour l'en-
seignement du noble art de l'escrime. Cette

décoration guerrière, qui reluisait d'un éclat formidable sous le rayonnement rougeâtre et iné-
gal des torches, formait un fond superbe à la
scène qu'elle entourait.

La compagnie était nombreuse et il suffisait
d'un coup d'œil pour voir qu'elle était fort dis-
parate et que, parmi les hôtes qui se cou-
doyaient, d'aucuns avaient dû se rencontrer auparavant sur les chemins ou sous les bois dans
des conditions moins pacifiques. Il y avait là
de grands seigneurs d'humeur altière, des gentilshommes venant se parfaire la main avant
d'entrer en campagne, des bourgeois de la mi-
lice sachant par expérience que le meilleur
moyen d'avoir la paix est de savoir faire la
guerre, des officiers de la petite garnison espagnole, des aventuriers en quête de clientèle
pour leur épée ; mais il y avait aussi, rôdant
derrière ceux-là, traînant dans les coins, ou blot-
tis dans les embrasures, des bravaches de second ordre, à l'œil mauvais, aux moustaches
en dard de porc-épic, aux barbiches invrai-
semblables, des spadassins à allures brutales,

2

des guenilles provocatrices, des figures de gibiers de potence ; il y avait enfin, coquetant à travers ce tohu-bohu ou mollement assises sur des coussins, une douzaine de jolies filles, flamandes, espagnoles ou bohémiennes, montrant leur gorge blanche ou bistrée dans l'échancrure de leur corsage, et que l'amphitryon semblait attirer chez lui tout exprès pour entretenir les querelles que son art avait mission de dénouer.

Au milieu de cette cohue hétéroclite, une dizaine de groupes distincts indiquaient autant d'assauts que dirigeaient simultanément les prévôts d'armes, dont les commandements brefs dominaient par moments le brouhaha général et les cliquetis du fer. Maître Matapan allait de l'un à l'autre, faisant des observations, corrigeant ici, approuvant là, l'œil partout, l'oreille ouverte, morigénant les uns, goguenardant avec les autres. On l'aurait deviné entre tous, tant sa physionomie était caractéristique. De taille moyenne, maigre et osseux, il avait la souplesse, l'agilité et la vigueur des félins ; de longs cheveux noirs tombant en boucles soyeuses jusque sur ses épaules encadraient un visage brun, allongé, auquel ses yeux sombres, ses pommettes saillantes, son long nez busqué, et ses lèvres épaisses, visibles sous une barbe noire peu touffue, donnaient une expression étrangement complexe de jovialité, de ruse et d'audace.

Tels étaient l'homme et la maison vers lesquels se dirigeaient Pierre Lardinois et le sire du Harnel, l'un portant l'autre.

Avant de pousser l'huis, Lardinois s'arrêta, et, appuyant le pied sur une borne pour soutenir son fardeau, il tira de sa poche un demi-masque de soie grise qu'il s'appliqua sur le visage ; puis reprenant le blessé dans ses bras, il entra. « Place, messires ! » fit-il en traversant la cour encombrée.

— Qu'est-ce ? quel est ce matamore ?

— Paix, si vous tenez à votre peau ! c'est La Rapière, l'élève favori de Matapan.

— Oh, oh ! voilà donc ce ferrailleur fameux... Beau champion, sur mon âme !

— Et lame non moins belle, et clerc comme un robin, par-dessus le marché.

— Mais La Rapière n'est pas un nom, c'est un sobriquet. Au demeurant, quel est ce personnage ?

— Du diable si je le sais mieux que vous ! L'homme est sobre de la langue. D'aucuns assurent que c'est tout simplement un bourgeois d'ici, d'autres que c'est un gentilhomme ayant ses raisons pour garder l'anonyme, d'autres encore que c'est un officier ou un agent de l'Escurial ; la vérité est qu'on ne sait rien. On ne le voit ici que masqué, et la raison, il en a cuit à ceux qui ont tenté de la surprendre. Seul Matapan le connaît certainement. Interrogez-le, si le cœur vous en dit !

L'objet de ces commentaires pénétrait au même moment dans la salle d'armes et déposait sur un divan le sire du Harnel, qui était évanoui.

Le maître ès armes aperçut son disciple, dont la stature dépassait le niveau de la foule ; il s'approcha avec son flegme ordinaire :

— Bonsoir, mon fils ! Est-ce ouvrage de ta main ?

— Non, maître... Une sotte histoire avec des soudards... Moins que rien !

— Hum ! Voyons ces boutonnières.

Matapan connaissait trop bien l'art de faire ces sortes d'accrocs pour ne pas savoir aussi celui de les raccommoder. Il était bon chirurgien. Ouvrant le pourpoint du gentilhomme, il examina les plaies d'un œil de praticien, les toucha, les pansa et les banda, puis, comme le blessé ouvrait les yeux :

— Vous en êtes quitte à bon marché, monsieur, lui dit-il,... de simples escorniflures. Dans huit jours il n'y paraîtra plus. Néanmoins, ménagez-vous.

Et il rentra de son pas lent dans la foule agitée où n'avait cessé de retentir le battement métallique et le bruit des conversations et des rires, tant les incidents du genre de celui où le sire du Harnel avait joué le mauvais rôle étaient choses ordinaires à cette époque. Celui-ci, assis assez piteusement sur un divan, regar-

2.

dait d'un air étonné le spectacle original qu'il avait sous les yeux, et surtout les marques non équivoques de déférence que son compagnon d'aventure recevait tout à la fois des coupe-jarrets et des seigneurs huppés. Peu de hugue-nots fréquentaient Matapan, qu'ils regardaient comme un ennemi dangereux, et le seigneur du Harnel n'était point du petit nombre des exceptions; tout était donc ici nouveau pour lui, le débraillé espagnol de l'endroit, comme la métamorphose du jeune bourgeois.

— Est-ce une indiscrétion que de féliciter tout haut, nonobstant le lieu, monsieur le comte du Harnel? dit un jeune gentilhomme en s'approchant le chapeau à la main.

— Non certes, monsieur, mais la chose n'en vaut vraiment pas la peine.

— Comment l'entendez-vous ? vous vous méprenez: je ne parle point de votre alga-rade passée, mais de votre mariage futur.

— Excusez-moi donc, fit le comte laconi-quement, d'un air embarrassé.

— Vous êtes tout excusé, mais cela ne me

dit pas si mes félicitations arrivent à propos, et s'il est vrai, comme tout le monde l'assure, que vous ayez l'enviable bonheur d'épouser à brève échéance la pupille de votre très honorée tante, mademoiselle de Beaurepaire.

— Oui... en effet... Il est question de quelque chose de pareil...

— Peste ! mon cher, vous êtes singulièrement discret ou terriblement froid !

Le comte, qui semblait mal à l'aise, manifesta plus de trouble encore quand il entendit La Rapière, qui était revenu près de lui et n'avait pas perdu un mot de cet entretien, dire d'une voix brève :

— Si monsieur du Harnel apprécie ma compagnie comme j'apprécie la sienne, je me ferai un plaisir de l'escorter jusque chez lui.

Il hésita un instant, puis saluant son premier interlocuteur, il répondit à La Rapière :

— A vos ordres, monsieur !

IV

EXPLICATIONS

Les illuminations intimes de la salle d'armes n'étaient guère moins délictueuses, aux termes des réglements de police, que l'audacieux luminaire qui brillait encore aux fenêtres du cabaret castillan, car le couvre-feu était sonné depuis plusieurs heures, lorsque maître Pierre Lardinois déboucha de la ruelle des Reigneaux, soutenant de son bras robuste les pas mal assurés de son compagnon. Mais soit que le prévôt fermât volontairement les yeux sur certaines infractions, soit que ses agents ne se souciassent point de s'aventurer en ces régions dangereuses, soit enfin que les passions qui grondaient en ce moment eussent relâché la

discipline communale, personne n'était là pour
constater la contravention, et l'on entendait
encore les voix avinées de quelques soudards
retardataires beuglant à faux des refrains inter-
rompus par des hoquets. C'était d'ailleurs tout
ce que l'on entendait. Le reste de la ville semblait plongé dans un complet sommeil, et la
lune, qui glissait curieusement sa face blême et
joufflue entre les pignons dentelés de la halle
échevinale et la flèche en poire du vieux beffroi, n'apercevait de toutes parts que maisons
aux yeux clos.

— Monsieur, dit le jeune bourgeois après s'être
assuré d'un coup d'œil qu'il n'était point suivi,
en échange du petit service que le hasard m'a
permis de vous rendre tout à l'heure, je serais
aise que vous m'accordassiez une explication
franche sur un point qui me touche infiniment.

— A tout autre que l'homme qui m'a sauvé
la vie, maître Lardinois, je refuserais net ; mais
à vous...

— Il suffit, monsieur le comte. C'est un
paiement : soit, je l'accepte pour tel, et je

vous présente mon compte. Depuis tantôt quatre ans que j'ai l'honneur de vous rencontrer
régulièrement à l'hôtel de Beaurepaire, vous
n'ignorez pas que les gens du quartier, et aussi
les personnes de votre monde, ont répandu
plus d'une fois le bruit de votre mariage avec
l'une de mes sœurs de lait.

— En effet, mais...

— Veuillez me laisser achever, je vous prie.
Depuis un an, c'est-à-dire depuis que la mort
de monsieur le baron de Beaurepaire, — Dieu
ait son âme ! — a privé ses enfants de leur protecteur naturel, ces bruits, auxquels je n'avais
jamais ajouté foi, ont pris une nouvelle consis-
tance et l'on va jusqu'à dire que la dame douairière, votre tante, n'attend que l'échéance de ce
triste anniversaire pour réaliser ses projets. Le
hasard m'a fait entendre à l'instant une conversation qui semble ne plus laisser de doute à cet
égard. Je désire savoir de vous-même si j'ai bien
compris et s'il est vrai que votre mariage avec
mademoiselle Anne de Beaurepaire soit chose
décidée.

— C'est chose décidée.

— Du consentement de mademoiselle de Beaurepaire ?

Le gentilhomme hésita.

— Répondez nettement, monsieur, vous l'avez promis !

— Il est vrai que mademoiselle de Beaurepaire a eu quelque peine à se déterminer, mais enfin...

— Bien. Je sais à quoi m'en tenir... Maintenant, monsieur, c'est à votre honneur de gentilhomme que je vais faire appel. Ecoutez-moi bien, car je n'ai pas coutume de parler à la légère et il s'agit ici de choses graves qui doivent influer en bien ou en mal sur l'existence de plusieurs personnes qui me sont chères,... et sur la vôtre aussi, monsieur. Madame la douairière, — dont Dieu me garde de mal parler, — poursuit avec une obstination aveugle des projets qu'elle a conçus depuis trop longtemps pour les envisager avec l'impartialité désirable, et dont elle serait, je n'en doute pas, la première à se repentir quand il serait trop

tard pour y remédier. L'affection qu'elle vous
a toujours portée a contribué à la leurrer et à
l'empêcher de voir les choses comme elles
sont. Votre union avec l'une des filles de son
époux a été le but constant de ses efforts ; elle
serait déjà accomplie, si celui-ci n'y avait mis un
obstacle que la mort a malheureusement écarté.
Depuis un an, ces instances sont devenues une
véritable persécution contre la pauvre Anne...
Vous savez le reste. Mais ce que vous ignorez
sans doute encore, c'est que mademoiselle de
Beaurepaire aime mon frère Raoul et en est
aimée, et que tous deux ont échangé des ser-
ments que Dieu a entendus...

— Enfantillages, maître Pierre, dont l'amour
sérieux aura raison, et qui ne sauraient me
faire renoncer au bonheur d'être l'époux d'une
si charmante personne !

— Enfantillages ! répéta Pierre d'une voix
irritée, en croisant les bras sur sa poitrine et
en s'arrêtant brusquement. Enfantillages ! Par
Notre-Dame, messire, vous n'êtes point cha-
touilleux, ou bien vous oubliez que ces « en-

fants » s'aiment depuis tantôt dix-neuf ans !
Mais c'est là votre affaire. La mienne est de
vous prévenir que vous allez commettre une
félonie et causer de grands malheurs... Ces
« enfants » s'aiment, vous dis-je, et devant
Dieu le véritable époux d'Anne de Beaurepaire,
c'est Raoul Lardinois !

— Et celui de la belle Magdeleine, sa ju-
melle, n'est autre que maître La Rapière, ci-
présent, n'est-il pas vrai ? risposta son compagnon avec ironie.

— Ceci me regarde seul, maître comte !

— De même que le soin de mon honneur
et de mes intérêts me regarde seul aussi.

— Soit ! Mais si vous persistez après ce que
je viens de vous dire, j'aurai le droit de penser qu'il pourrait être en meilleures mains. Au
reste, je sais ce que je voulais savoir, et...
nous voici devant votre demeure. Dieu vous
garde, messire, et surtout qu'il vous inspire !

Les deux hommes étaient alors dans la rue
de l'Abbiette, devant une maison de confortable
apparence, mais qui n'avait rien d'un hôtel,

3

car le sieur du Harnel, bien que de bonne lignée, était loin de posséder une fortune princière comme celle de la fiancée qu'il convoitait. Ils échangèrent un froid salut, puis l'un heurta à sa porte, pendant que l'autre s'éloignait pensif.

V

NOBLESSE ET ROTURE

Haute et puissante dame Mathilde de Douxlieu, baronne douairière de Beaurepaire, trônait
dans une stalle de chêne magnifiquement sculptée, en un petit mais somptueux salon qui prenait jour sur le vaste jardin de son hôtel. Une
bible sans ornements ni enluminures, qui contrastait autant par cette simplicité avec le luxe
de l'appartement qu'avec la mode catholique
de l'époque, était ouverte devant elle sur une
table aux pieds tors.

Quoiqu'elle eût atteint l'âge critique de la
maturité, qui n'est plus la jeunesse et qui n'est
pas encore la vieillesse, et bien que ses formes
et sa chevelure disparussent entièrement sous

les vêtements noirs et la coiffe de deuil qui les
couvraient, elle était encore belle, mais d'une
beauté altière et dure qui imposait le respect
sans attirer la sympathie. Pâle, impassible et
régulier, son visage semblait taillé dans du
marbre blanc ; on ne pouvait se défendre, en
la voyant, de songer à une autre femme, sa
contemporaine, belle aussi, et aussi impassible
et astucieuse, qui, jetée par le destin sur une
scène plus vaste, venait de déchaîner froidement dans la France des passions terribles.
Madame de Beaurepaire était bien, toutes proportions gardées, un pastiche de la reine Ca-
therine.

Non loin d'elle, assises sur des coussins
devant un large vitrail à treillis de plomb, deux
jeunes filles d'une vingtaine d'années, l'une
blonde, l'autre brune, mais également jolies,
devisaient à demi-voix en jouant avec un lévrier. C'étaient les deux jumelles orphelines,
les héritières de Beaurepaire.

L'une d'elles s'efforçait d'enlacer dans ses
longues tresses noires l'animal, qui s'échappait

sans cesse : c'était Anne, douce et pâle enfant,
aux traits fins, au corps délicat et souple. Sa
sœur, blonde et fraîche comme une vraie fille
des Flandres, était son contraste vivant : son
nez légèrement relevé, sa petite bouche aux
lèvres charnues, fortement colorées et arquées
en forme de cœur, et surtout ses yeux d'un
vert de mer, qu'elle tenait toujours demi-clos,
donnaient à son visage plein une expression
particulièrement dédaigneuse et hardie. Elle
avait une beauté troublante, étrange, archaï-
que, si l'on peut ainsi dire, — car elle ressemblait aux blondes châtelaines représentées dans
les miniatures des vieux manuscrits ; — beauté
originale dont elle avait parfaitement conscience, ainsi qu'en témoignaient ses cheveux
qu'elle portait, suivant une mode ancienne,
coupés au-dessus des sourcils sur le front qu'ils
couvraient à moitié, et la forme même de sa
robe dont le corsage, échancré en carré sur la
poitrine, laissait apercevoir la naissance de sa
gorge dans une pénombre laiteuse. La « belle
Magdeleine », comme on l'appelait, bien

qu'elle fût en réalité moins régulièrement belle que sa sœur, semblait née pour ordonner et pour jouir, comme Anne pour endurer et pour souffrir. Et, en effet, l'une était déjà la préférée de la douairière, et l'autre sa victime.

— Monsieur l'échevin Lardinois sollicite l'honneur d'entretenir en particulier madame la baronne, annonça cérémonieusement Berthould, le majordome.

La douairière, sans lever la tête, répondit avec lenteur : « Introduisez-le céans. » Puis elle ajouta du même ton, quand Berthould eut tourné les talons : « Retirez-vous, mesdemoiselles. »

Les jeunes filles, après l'avoir saluée, disparurent par une issue latérale, au moment où Berthould, rouvrant la porte principale, annonçait de nouveau :

— Monsieur l'échevin Lardinois !

Le drapier s'avança aussitôt et se courba profondément devant la dame de Beaurepaire, qui était demeurée assise. Les vingt années écoulées depuis les premiers incidents que

nous avons rapportés, n'avaient point voûté
sa haute taille, ni diminué sa vigueur; c'était
toujours le robuste Flamand, joignant l'allure
indépendante de sa race à la distinction que
donne une bonne éducation et l'habitude de
vivre dans un milieu intelligent. Seuls, ses cheveux et sa longue barbe portaient la trace des
années; son pourpoint de drap noir les faisait
paraître plus blancs encore qu'ils ne l'étaient.

— Maître Lardinois est toujours le bienvenu
dans la maison de Beaurepaire, dit la dame,
toujours impassible ; — et lui montrant un es-
cabeau : « Prenez ce siège, monsieur », ajouta-
t-elle.

— C'est une parole amicale qui a souvent
retenti à mes oreilles pendant vingt ans, madame, et je suis heureux de l'entendre encore,
bien que la bouche qui la prononçait autrefois
soit fermée à jamais. Elle me donne lieu d'espérer que vous daignerez m'écouter avec patience, car je viens, madame, vous parler de
choses graves, et cet entretien peut être assez
long.

— Vous pouvez parler, monsieur.

L'échevin s'inclina et reprit après un court silence :

— Il est indispensable, madame, que je rappelle des évènements déjà lointains, je veux dire antérieurs à votre mariage. Vous n'ignorez pas que la feue dame de Beaurepaire succomba en l'an 1553 aux fatigues de son double enfantement, que les deux filles auxquelles elle donna le jour furent nourries du propre lait de la dame Lardinois, ma femme, et que jusqu'en l'an 1564 ces enfants vécurent comme frères et sœurs, avec mes fils, sous un toit commun qui était le mien. Monsieur le baron de Beaurepaire, fort absorbé par la politique et surtout par la controverse religieuse, — vous savez mieux que personne, madame, combien il était passionné pour les doctrines réformistes, ce dont je ne me permettrai point de le blâmer, connaissant sa bonne foi parfaite, — monsieur de Beaurepaire, dis-je, insista à différentes reprises pour ne rien changer à cet arrangement qui lui assurait toute liberté d'esprit, et quand je lui représentais le danger que pouvait présenter pour l'avenir cette existence commune entre emants destinés à vivre dans des mondes différents, il me répondait, en me frappant amicalement sur l'épaule : « Eh bien ! mon ami, si vos prévisions se réalisent, nous marierons ces enfants-là, voilà tout ! Des filles n'héritant point du nom de leur père, il m'importe peu qu'elles épousent celui-ci plutôt que celui-là ; je prise avant tout les qualités personnelles et la noblesse de l'âme, et pourvu que vos fils vous ressemblent, — je vous demande pardon, madame, ce sont ses propres paroles, — je me tiendrai pour satisfait. »

Le bourgeois s'arrêta un instant, en proie à une émotion contenue, puis il continua, son interlocutrice n'ayant pas dit un mot ni fait un geste :

— Mes prévisions, madame, se sont réalisées de point en point, malgré toutes les précautions que j'ai prises pour y faire obstacle ; les vôtres, madame, le retour des jeunes demoi-

selles dans l'hôtel paternel, leurs séjours dans
vos châteaux pendant l'été, l'influence de vos
conseils, n'ont pas eu plus de succès. La vérité est que l'affection fraternelle de nos enfants
s'est peu à peu changée en un amour profond.
Je parle surtout pour deux d'entre eux, votre
fille Anne et mon fils Raoul ; quant à Pierre,
mon premier né, et à Magdeleine, leurs sentiments, moins démonstratifs, sont plus mà-
laisés à pénétrer... et pourtant, pour eux
aussi, ma conviction personnelle est faite...
Pierre est d'un caractère aventureux et bouil-
lant, qui est plutôt d'un soldat que d'un com-
merçant ; il fréquente plus les hommes de
guerre que les damoiselles, et il n'a ni l'art, ni
la douce éloquence, ni les manières caressan-
tes de son frère. Mais Raoul est l'affection
même, les tumultes l'éloignent autant qu'ils
attirent l'autre ; l'office qu'il remplit à la Cour
des Comptes et qui lui assure une carrière
honorable, est celui qui convenait à sa nature
calme et studieuse. C'est particulièrement pour
lui que je fais cette démarche, car c'est pour

lui surtout que je redouterais les conséquences d'une déception. Encore ne l'eussé-je point tentée pendant que vous portez encore votre deuil d'épouse, madame, si je n'y avais été forcé par la persistance de faux bruits qu'entretient, je pense, quelque ennemi du repos de nos deux familles. Je conclus, madame, en réclamant de votre sollicitude de mère et de votre piété de veuve l'exécution des engagements éventuels de feu monsieur le baron, et en sollicitant pour mon fils Raoul l'honneur et la joie de devenir l'époux de mademoiselle Anne de Beaurepaire.

L'échevin s'était levé en prononçant ces derniers mots et avait formulé sa demande en s'inclinant ; ce fut en cette attitude qu'il attendit la réponse de la dame de Beaurepaire. Celle-ci avait gardé pendant ce long monologue son immobilité de statue ; même aux passages qui avaient dû nécessairement l'émouvoir, son visage n'avait trahi aucun de ses sentiments, ni montré aucune autre expression que celle d'une attention soutenue. Après un

temps de silence, elle répondit d'une voix parfaitement calme :

— Une démarche telle que celle-ci, venant
d'un homme dont le mérite personnel relève
la condition et qui jouissait de l'entière confiance de mon époux, ne peut qu'être tenue
pour honorable par la veuve du baron de Beaurepaire. Précisément les titres que votre famille s'est acquis à la sympathie de notre
maison me font un devoir de ne point vous
leurrer d'espérances vaines qu'il ne serait pas
en mon pouvoir de réaliser. Je ne crois guère,
cher monsieur Lardinois, à la durée des amou-
rettes d'enfants que vous semblez avoir pris
trop au sérieux. Ce sont jeux puérils dont
on rit volontiers plus tard et qui ne sauraient
entrer en considération pour l'établissement
d'une fille noble. Je ne considère pas comme
plus sérieuses les paroles de condescendance
que vous avez eu le tort d'envisager comme
une promesse de la part de feu mon époux.
C'était là plaisanterie amicale que monsieur de
Beaurepaire vous aurait expliquée lui-même,

s'il s'était aperçu de votre étrange méprise.
J'ai, croyez-le, grande estime pour vous et pour
votre famille, et grand regret de causer à mon
jeune ami Raoul une affliction — dont il se
remettra vite, soyez-en assuré, — mais j'ai à
remplir des devoirs supérieurs à toute autre
considération, et qui m'obligent à décliner
votre proposition.

Les larges traits du drapier s'étaient con-
tractés pendant que la douairière parlait ; aux
derniers mots il dut s'asseoir pour cacher son
trouble. La dame crut le moment venu de
porter son dernier coup :

— Je me disposais d'ailleurs à vous annoncer moi-même que durant notre séjour au château de Douxlieu — vous savez que nous en
sommes seulement revenues avant-hier, — ma
fille Anne a été officiellement fiancée à monsieur le comte du Harnel.

Un flot de sang et de colère monta au front
du bourgeois :

— De son plein gré, madame ? s'écria-t-il.

La douairière se leva avec majesté :

— Monsieur !...

— Excusez-moi, madame, reprit Lardinois ;
vos filles ont été longtemps les miennes et je
souffre de me sentir aujourd'hui presque un
étranger pour elles... Permettez-moi d'espérer
que rien n'est encore définitif et que la réflexion...

— Je n'ai pas coutume de parler à la légère
ni de retirer parole donnée, monsieur. Mes résolutions, mûrement réfléchies, sont définiti-
ves.

L'échevin se leva lentement, redressa sa
grande taille, et conclut d'une voix sombre :

— C'est donc le malheur des miens que j'ai
fait entrer moi-même dans ma propre maison,
il y a vingt ans !

Il salua et sortit.

VI

LA RUPTURE.

— Viens, frère ! Nous verrons bien si la morgue d'une femme sans entrailles et les intrigues d'un félon cupide prévaudront contre la sainte éloquence du cœur.

— A quoi bon, hélas ! Tout est bien perdu... Cette femme a modelé toute chose de sa main de fer depuis qu'elle est entrée dans la maison de Beaurepaire ; même l'âme de nos sœurs a subi son empreinte...

— Tu blasphèmes, Raoul !

— Non, non ; tu as entendu notre père : Anne a consenti !

— Comme le pendu consent à la hart ! Viens,

te dis-je, ceux-là méritent la défaite qui se
rendent sans combat.

C'étaient les deux frères Lardinois qui tenaient ce dialogue, le soir même du jour où
leur père avait eu avec la douairière l'entretien
malheureux que nous venons de retracer. Ils
étaient dans le jardin de la maison gothique,
devant une poterne qui, en des temps plus
propices, avait été percée, pour la commodité
des relations, dans le mur mitoyen par-dessus
lequel débordaient les vieux arbres du parc de
Beaurepaire. La poterne, toujours ouverte autrefois, était condamnée depuis le second mariage du baron, c'est-à-dire depuis huit ans, et
ses ferrures apparaissaient en arabesques de
rouille sur la noire surface du bois.

On l'a deviné, c'est Pierre, le bourgeois ba-
tailleur, l'homme d'action, qui cherchait à entraîner son frère dans une lutte vive contre les
ennemis de son bonheur. Il avait passé son
bras sous celui de son cadet, qui semblait être
son fils tant la disproportion entre eux était
grande. Raoul, qui, l'année précédente, était

encore basochien de l'Ecole des Chanoines de
St-Pierre, n'avait aucun des dehors formidables
de son aîné : il était de taille moyenne, mince,
gracieux comme une fille; ses traits fins et
doux, empreints d'une gravité rêveuse, son
teint pâle contrastant avec ses grands yeux et
ses cheveux noirs, l'auraient fait prendre pour
le vrai frère d'Anne, laquelle était en femme
exactement ce que lui était en homme. Peut-
être cette similitude, aussi complète au moral
qu'au physique, était-elle la cause secrète de la
vive affection qui avait toujours uni ces deux
enfants, car s'il arrive parfois que les contrai-
res se recherchent, il est bien plus souvent vrai
que les semblables s'attirent.

— On a verrouillé l'huis de l'autre côté, dit
Pierre après avoir tiré les barres. Ces habiles
gens ont tout prévu, paraît-il,... sauf une chose,
cependant, ajouta-t-il en arc-boutant ses robus-
tes épaules contre le bois.

Les ais ployèrent par le milieu sous sa poussée et, les gâches étant sorties de leurs gaines,
la porte s'ouvrit violemment.

— Oh ! Pierre, qu'as-tu fait ! murmura
Raoul.

— Rien dont je ne sois prêt à répondre, s'il
le faut, répondit résolument son frère.

Les deux jeunes gens s'engagèrent dans les
allées de ce parc, théâtre des jeux de leur enfance, et gagnèrent sans bruit la base d'une tourelle renfermant un escalier de pierre qui me-
nait directement à l'étage où étaient les appartements particuliers des deux héritières de Beaurepaire. Ils connaissaient de longue date les
êtres et les habitudes de l'hôtel aussi bien que
ceux de leur maison paternelle ; ils purent ainsi
arriver sans éveiller l'attention jusqu'à la pièce
qui servait de salon commun aux deux jeunes
filles. Les Lardinois en avaient vu d'en bas les
fenêtres éclairées, et ils en avaient conclu que
leurs sœurs de lait devaient s'y trouver. Elles
y étaient, en effet. On parlait haut dans la
pièce et l'on y entendait le hoquet de sanglots
étouffés. La main de Pierre arrêta l'essor de
Raoul, qui allait s'élancer : ils avaient pénétré dans l'antichambre et une simple portière de

tapisserie leur cachait la scène, dont il ne leur était pas difficile de deviner la nature.

— C'est encore mal, ce que nous faisons ici, fit Raoul.

— Enfant ! sachons d'abord à qui nous avons affaire.

Ils reconnurent aussitôt le parler lent et hautain de celle qu'on appelait « la belle Magdeleine » ; c'était Anne qui pleurait :

— Tu parles ainsi pour relever mon courage, sœur chérie ; mais tu sais bien que j'en mourrai. Je hais cet homme, qui est faux et avide, qui, connaissant mon aversion pour lui, prétend néanmoins m'épouser pour mes richesses.

— Tu es belle, il t'aime et ne croit pas à tes répugnances.

— Je les lui ai dites cependant assez ! Il sait aussi qu'au jour des fiançailles, à Douxlieu, j'étais la seule personne qui eût ignoré jusqu'au dernier moment le vrai but de la fête. Il sait tout, te dis-je, et je le hais autant que j'aime Raoul !

— Mais Raoul n'est pas gentilhomme, et une Beaurepaire ne doit point se mésallier. Crois-tu que je n'aime pas Pierre, le beau et vaillant compagnon ? Je l'aime de tout mon cœur, mais je ne consentirais cependant jamais à devenir une « dame Lardinois! » Il est mon frère de lait, il a été mon chevalier d'enfance, mais il ne sera jamais mon époux. Il y a des choses qu'on ne fait point, chère Anne ; noblesse oblige.

— Ta nature impérieuse aurait bientôt fait litière de tous ces préjugés, si tu aimais comme moi !

— Eh ! Sais-tu seulement si Raoul se désole autant que toi ?

Ici Raoul échappa à l'étreinte de son frère, bondit dans l'appartement et se précipita aux pieds de sa maîtresse, qu'il entoura passionnément de ses bras, couvrant de baisers et de larmes son visage, ses cheveux, son cou, ses mains, toute sa personne.

Les deux jeunes filles, effrayées tout d'abord, avaient jeté un grand cri. Pierre entra alors à pas lents et s'arrêta près de la portière, les bras croisés sur sa poitrine, la tête baissée, considérant l'effusion éperdue de son frère. Puis il regarda Magdeleine. Celle-ci s'était levée et, debout dans une attitude fière qui faisait admirablement ressortir ses formes opulentes, son regard insolent glissant entre ses paupières mi-closes, elle avait l'air d'une princesse des vieilles chroniques scandalisée par l'outrecuidance de quelque chevalier discourtois. Elle était si superbe ainsi que Pierre en fut ébloui.

— Depuis quand, messires, s'écria-t-elle, pénètre-t-on dans l'appartement des dames comme dans une ville gagnée?

Raoul ne répondit point, son âme était partie avec celle d'Anne vers les régions éthérées des illusions amoureuses. Pierre rougit et répliqua du même ton :

— Depuis que les mauvais génies condamnent les frères à reprendre de vive force le droit de voir leurs sœurs.

L'altière jeune fille allait riposter par quelque impertinence, lorsque l'apparition soudaine d'un nouveau personnage vint compliquer la situation. Ce personnage n'était autre que la douairière elle-même, attirée par le cri de ses filles, et qui, écartant la lourde tapisserie, s'avança de son pas majestueux, en apparence plus froide et plus impassible que jamais. Pourtant, au regard qu'elle ne put s'empêcher de lui jeter, Pierre comprit qu'elle avait entendu ses paroles.

— Que signifie ce mystère, messieurs ? dit-elle en contenant sa colère. Aviez-vous besoin de prendre des précautions et de choisir une heure indue pour venir présenter à votre sœur Anne vos félicitations fraternelles à l'occasion de son prochain mariage ?

Anne et Raoul, atterrés, n'avaient eu ni le temps ni la présence d'esprit de s'éloigner l'un de l'autre. Madame de Beaurepaire affecta de se méprendre sur le sens de leurs effusions, et continuant son rôle :

— Levez-vous, maître Raoul; ces enfantillages ne conviennent plus à un homme de votre âge.

Raoul se releva, mais retenant dans ses mains la main de sa sœur de lait, il répondit de sa voix douce :

— Hélas ! madame, que n'êtes-vous mieux persuadée que ce ne sont pas là des enfantillages !

La baronne, surprise de cette audace, fit un haut-le-corps.

— Dieu me soit en aide ! dit-elle avec âpreté. Si je n'en étais persuadée, il faudrait donc que je vous fisse mettre dehors par mes gens !

— Oh ! madame ! implora la pauvre Anne, dont les pleurs recommencèrent.

— Paix, mademoiselle ! Si ce sont vos « frères » qui se trouvent céans, ils vous ont manqué comme à moi-même et il me sied de les morigéner ; si ce sont vos « galants », j'ai le devoir de les faire châtier et expulser.

La belle Magdeleine, toujours debout, regardait cette scène de ses yeux dédaigneux, comme si elle y eût été complètement étrangère, et sans dire un mot pour approuver ou pour blâmer. A la menace de sa belle-mère, un vague sourire, qui releva quelque peu le coin de ses lèvres roses, exaspéra, à l'égal d'une moquerie directe, Pierre, qui déjà se retenait avec peine :

— De votre bouche, madame, nous sommes prêts à tout entendre avec respect, mais malheur à la main qui oserait nous toucher ! Au demeurant, mieux vaut en finir, et mieux vaut peut-être aussi que vous soyez présente. Non, madame, il n'y a ici ni enfants, ni enfantillages. Ce n'est point l'amitié fraternelle qui inspire les caresses que vous avez entrevues et fait couler les larmes que vous voyez encore : c'est l'amour, c'est la passion, la passion ardente, vraie, durable, sachez-le, madame. Et cette passion, née sous les yeux de votre époux, a été encouragée par lui, de telle sorte que si, par impossible, ce que l'on dit était vrai, si mademoiselle de Beaurepaire était unie à tout autre que mon frère, ce serait la maison de Beaurepaire elle-même qui manquerait à son honneur et serait coupable de félonie...

— Frère ! frère ! interrompit Raoul avec un geste suppliant.

— L'heure des tempéraments et des illusions est passée, Raoul : il faut parler franc et agir vite. Demain il sera trop tard...

— A merveille ! fit la douairière, en s'efforçant de donner une intonation ironique à sa voix tremblante de fureur. A merveille ! l'honneur des Beaurepaire ne saurait qu'être fort obligé aux fils du drapier Lardinois des avis qu'ils daignent lui offrir ! Mais comme la question a déjà été traitée avec un plus grave personnage, nous jugeons superflu d'y revenir. Saluez vos sœurs, messires ; je crois, Dieu me pardonne, que voici sonner le couvre-feu !

— Pardon, madame, vous ne supposez pas que j'aie voulu vous offenser ! Ayez pitié, au nom du Dieu vivant, ayez pitié de ces deux enfants qui s'aiment et dont un mot de vous va destiner l'existence à la félicité ou à la douleur, au gai soleil du bonheur ou aux ténébreux abîmes du désespoir. En ce moment solennel, oubliez vos titres, s'il le faut, pour

4

laisser parler votre cœur de femme. Pitié, madame, ayez pitié !

Et Pierre alla mettre un genou en terre devant l'orgueilleuse baronne. Ce n'était point ce qu'attendait celle-ci :

— En vérité, fit-elle, cette scène devient d'un ridicule insoutenable ! Levez-vous, jeune homme ; vous possédez une éloquence dont je vous félicite, mais mon pardon, ma pitié, mon cœur et mes titres n'ont que faire ici, et votre intervention à propos d'un évènement qui ne vous concerne pas est souverainement déplacée, je veux bien vous le rappeler.

— Ainsi, madame, vous restez impitoyable ?..

— Ah ! brisons là, maître Pierre !

— Et vous entendez forcer Anne, qui n'est pas votre fille, à épouser malgré elle votre neveu ?

— Taisez-vous, monsieur, et sortez, je vous l'ordonne !

— Anne, est-ce de vos plein gré et libre préférence que vous épousez monsieur du Harnel ?

— Mon Dieu! mon Dieu! sanglotait la pauvre fille.

— Répondez la vérité, sur la mémoire de votre père!

— Anne, par pitié! murmura Raoul.

Incapable de parler, Anne secoua douloureusement la tête.

— Elle a dit non, madame. Vous ne pouvez plus douter, maintenant...

— Sortez! répéta la baronne, les lèvres serrées, le regard étincelant de haine.

— Je vous en supplie, encore, madame; c'est à genoux que je vous demande humblement de sanctionner l'union de ces deux chères âmes... Anne, Magdeleine, Raoul, venez à mon secours! A genoux, enfants! Un mot, madame, rendez-nous la joie et la vie!

Magdeleine ne bougea point; elle se contenta de répondre lentement :

— Raoul n'est point gentilhomme!

Quant à la douairière, toute frémissante, elle répéta de nouveau, et cette fois avec un geste violent :

— Je vous ordonne de sortir !

Alors Pierre se releva tout debout et, développant avec ostentation son torse herculéen, le front couvert de rougeur et le bras étendu d'un air d'indicible menace, il dit d'une voix lente et profonde, que la violence des émotions qu'il comprimait faisait trembler malgré lui :

— Tous nos liens sont maintenant rompus par vos propres mains... des liens sacrés !... Le bonheur et la vie de ces deux êtres doux, inoffensifs, aimants et aimés sont sacrifiés à la morgue nobiliaire, à des calculs odieux... La générosité de notre père, le dévouement de notre mère, des années de sollicitude, la paix du toit qui fut commun, les affections saintes, la joie de deux vieillards, on a fait litière de tout cela !... Il y aura des cœurs brisés, des larmes, des deuils... qu'importe ! ceux qui souffriront ne sont pas gentilshommes ! Ils ne comptent point ! Ils doivent se tenir pour heureux et fiers qu'on ait daigné utiliser si longtemps leurs services subalternes !... Tout est bien perdu maintenant, il n'y a plus d'illu-

sions à se faire. C'est la guerre. Soit! Moi,
Pierre Lardinois, bourgeois de Lille et maître
ès armes, je l'accepte; mais — écoutez bien
ceci — vous l'aurez terrible, sans trêve et sans
merci. Vous, madame, vous serez humiliée et
abaissée autant que l'ait jamais été femme
dans une ville à sac, et, n'ayant pas eu pitié
d'autrui, vous implorerez en vain pitié pour
vous! Vous, mademoiselle, qui estimez qu'un
roturier, bon pour être un galant, est indigne
de devenir un époux, et qui m'avez tout à
l'heure dextrement signifié mon congé, je
vous forcerai à me demander à genoux l'honneur de mon alliance! Quant à vous, chère
Anne, calmez vos craintes : je jure ici sur la
sainte croix du Christ que vous ne serez jamais
l'épouse de monsieur du Harnel, par la raison
péremptoire que j'aurai auparavant, de la main
que voici, tué ce beau muguet. J'ai dit. Et
maintenant, viens, mon pauvre Raoul! Tu vois
qu'il est des gens pour lesquels le plus rare
mérite personnel, l'honnêteté, le savoir, l'intelligence, la noblesse de l'âme ne sont rien;

pour qui le vieux droit des armes est tout. Eh
bien ! ce droit-là est à tout le monde ; nous
nous en souviendrons !

Sur cette sortie impétueuse, que la douairière, suffoquée par les révoltes de son orgueil,
n'avait même pas tenté d'interrompre, Pierre
s'éloigna fièrement entraînant par le bras son
frère anéanti.

VII

LE GUET-APENS.

— Méfie-toi, mon fils ! De mauvais bruits m'ont été rapportés par mes traîneurs d'épée, et tu sais si ma police est bien faite. Il y a quelque vipère sous roche, crois-en ma vieille expérience. La dame de Beaurepaire n'est pas femme à te pardonner tes menaces, tu en acquerras la preuve à tes dépens, si tu n'y prends garde. Oh ! je ne parle pas du petit comte, tu ferais de son pourpoint un tamis, les yeux bandés ; mais la dame est riche, le godelureau est traître, et le pavé de Lille ne chôme pas de bons drilles disposés à vendre du fer pour de l'or. Notre-Seigneur Jésus a été trahi pour trente écus, souviens-t'en, mon fils.

Ainsi parlait maître Matapan à son disciple favori, peu de jours après la scène violente dont l'hôtel de Beaurepaire avait été le théâtre.

L'aparté avait lieu à la tombée de la nuit, dans un angle de la salle d'armes encore déserte. Pierre semblait soucieux. Il connaissait le sérieux des avertissements de son maître, qui n'avait guère coutume d'intervenir dans les affaires d'autrui, si ce n'est pour les acheminer plus sûrement à quelque bon duel ; et il savait que l'étrange affection née de l'enthousiasme professionnel de Matapan pour son plus brillant élève pouvait seule motiver l'exception faite en sa faveur. La situation méritait donc toute son attention, non qu'elle lui inspirât des craintes, mais parce que la machination dirigée contre lui indiquait à l'évidence que la douairière, loin de renoncer à ses projets, méditait les moyens de les mettre sûrement à exécution, fût-ce au prix d'un meurtre.

— Merci, maître, répondit-il en serrant la main de Matapan. Tant vaut l'avertisseur, tant vaut l'avertissement. Je serai sur mes gardes.

— Et bien tu feras.

Quelques habitués s'étant montrés dans la cour, Pierre tira son masque de sa poche et s'en couvrit le visage. Le maître se mit en devoir de revêtir la cuirasse de cuir noir dont il se servait lorsqu'il daignait enseigner lui-même, et la salle ne tarda pas à reprendre peu à peu son animation ordinaire.

. . . .

Pierre, ou plutôt La Rapière, — car il n'était connu que sous ce pseudonyme de la clientèle de l'établissement, — avait fait merveille ce soir-là : il avait ferraillé seul contre deux, contre trois, puis contre cinq adversaires, et avec une telle supériorité qu'il avait eu un succès fou. Aussi, quand il se disposa à sortir, assez avant dans la nuit, son maître radieux vint lui serrer cordialement les deux mains en lui murmurant de nouveau à l'oreille :

— Ouvre l'œil !

Pierre l'assura par un geste d'intelligence qu'il n'avait point oublié son premier avis et lui montra une fine chemise de mailles qu'il

venait de passer sous son vêtement, et une
dague défensive appelée « main gauche » qu'il
avait ajoutée à son épée favorite. Celle-ci était
une arme qu'il avait fait forger tout exprès pour
lui, avec des perfectionnements que lui avait
suggérés sa passion et son expérience de l'escrime. Les lames de bataille étaient alors uni-
formément longues, lourdes et mal équilibrées
pour le combat à pied ; Pierre s'était préoccupé
de ces désavantages et avait réussi à les corri-
ger. La lame qu'il avait inventée était plus longue encore que les autres, mais il l'avait com-
binée de telle sorte que tout le poids fût vers
la base, dans ce que l'on appelle le talon de l'é-
pée ; vers le tiers de sa longueur, son fer, large
et côtelé, se rétrécissait subitement, ce qui lui
donnait de la légèreté sans lui rien ôter de sa
force, et cette seconde partie, affilée des deux
côtés, se terminait par une robuste pointe presque quadrangulaire et extrêmement aiguë. Telle
était cette rapière par excellence, objet de l'admiration des fervents de saint Georges, qui avait
valu à Pierre Lardinois son belliqueux surnom.

La protection de cette arme redoutable n'était point surperflue, comme on va le voir, car son propriétaire allait avoir, plus tôt qu'il ne le pensait, à recommencer avec des adversaires moins courtois les prodiges de force et d'adresse accomplis tout à l'heure avec les clients de Matapan.

Pensif et préoccupé de l'avenir, Pierre suivait à pas lents les bords de la fangeuse rivière qui séparait le quartier de l'Abbiette de celui de la Halle échevinale, lorsqu'il fut tiré de sa rêverie par un choc soudain. A cette heure nocturne et dans ces lieux ordinairement déserts, il venait d'être coudoyé violemment et avec une préméditation manifeste.

— Rustre ! butor ! s'écria l'homme qui l'avait heurté.

— Rustre et butor toi-même ! répondit Pierre irrité. Tâche de surveiller ta langue en même temps que tes coudes si tu ne veux aller t'assurer là-dedans si les mixtures des teinturiers ont aussi bon goût que bon teint !

— C'est bien là langage de drapier... Gardez vos fanfaronnades pour vos pareils, maître Lardinois, à moins que vous ne préfériez vous réserver pour insulter les femmes !

— Ah ! béni soit Dieu de vous avoir remis sur mon chemin, messire ! Nous avons des comptes à régler ensemble...

— Moi ! des comptes à régler avec vous ? Vous vous gaussez, jeune homme ! Je ne dois pas une aune de drap à votre respectable père, et quant à vous, de quoi vous mêlez-vous ?

— Vous m'entendez fort bien, monsieur du Harnel...

— Allez au diable !

— C'est ainsi ? En garde, donc !

— Oh, oh ! Un guet-apens ?

— En garde, vous dis-je, si vous n'êtes pas un lâche !

— Holà ! à l'aide ! On m'assassine !

« Voilà ! voilà ! tenez bon ! » répondirent plusieurs voix, pendant que l'on entendait dans l'ombre le piétinement d'une course précipitée. Une demi-douzaine d'estafiers arrivaient, les uns par le bord de l'eau, les autres débou-

chant à point nommé de la ruelle de l'Éperon-
Doré qui conduisait au centre de la ville, de
manière à cerner les deux antagonistes. Pierre,
se rappelant les recommandations du maître
d'armes, avait déjà dégainé dague et rapière ;
mais son adversaire, qui en avait fait autant,
loin de l'assaillir, se tenait soigneusement hors
de portée, rompant coup sur coup pour donner
à ses auxiliaires le temps d'arriver. Pierre, les
sentant déjà sur ses talons, fit un bond en
avant, allongea au juger une foudroyante estocade qui atteignit son antagoniste en plein
corps, et par une série de voltes savantes vint
faire face successivement aux deux groupes
d'assaillants en s'écriant :

— Nous nous retrouverons, monsieur ! Ceci
n'est qu'un acompte !

Puis s'adressant aux sacripants qui l'atta-
quaient :

— Vous a-t-il payé cher, mes maîtres ?

— Juste ce que vaut une peau de bourgeois,
répondit l'un d'eux en lui poussant un traître
coup dans les jambes.

— Alors, vous êtes volés ! répliqua Pierre en ramassant le fer par un contre-en-cercle et en ripostant par une grêle de coups de pointe et de taille qui firent en un clin d'œil le vide autour de lui.

— Chargez, chargez, marauds que vous êtes! cria de loin le comte blessé, qui s'était assis sur une borne.

— Venez-y donc vous-même ! repartit l'un des malandrins. Brambille, Simon et Carcassault sont déjà par terre... Il est enragé, ce bourgeois-là !

— Bon ! Je te reconnais, toi, dit Pierre en continuant son assaut furieux ; tiens, Lamberne, voilà les coupés que tu n'as jamais pu comprendre !

L'homme qui avait parlé tomba en disant :

— Trahison ! c'est La Rapière !

Le sobriquet connu de tous les bretteurs fit son effet ordinaire : les deux derniers champions s'écartèrent d'un bond et abaissèrent leurs épées en demandant excuse.

— Le gentilhomme nous a trompés, alléguèrent-ils ; sauf votre agrément, maître, il va payer sa tromperie. Un coup pour chacun des bons compagnons qui geignent là, est-ce trop ?

— Non, ce n'est pas trop, répondit Lardinois, mais le félon m'appartient, il ne doit mourir que de ma main.

— Qu'il soit donc fait suivant votre désir, maître !

Et ils se mirent en devoir de secourir leurs blessés, pendant que le sire du Harnel s'éloignait péniblement en rasant les murs. Pierre rengaina et reprit la route de sa maison, l'œil au guet et la main sur la garde de son épée.

Un mois plus tard, les bonnes gens de la rue Esquelmoise apprirent une série d'évènements simultanés qui défrayèrent pendant plusieurs semaines leurs commérages quotidiens du soir, sous l'auvent, à l'heure où on a coutume de se délasser des travaux de la journée par quelques propos intimes entre voisins. Ces évènements étaient de conséquence : d'abord le beau Pierre Lardinois avait disparu mystérieusement tout à coup, et, à la suite de cette disparition

de son fils aîné que tout chacun regardait
comme son successeur naturel, le vieux Lardinois avait cédé son commerce et quitté la
vieille maison gothique de ses pères pour aller
vivre en paix dans un autre logis ; la demoi-
selle Anne de Beaurepaire et le jeune Raoul
Lardinois étaient entrés le même jour en religion, l'une au monastère dit « de la Noble-
Famille », l'autre au grand couvent des Dominicains de la Basse-Rue. Et il n'était bourgeois
ni compagnon, matrone ou fille qui ne déclarât
que c'était là grand dommage, et qui n'attri-
buât à l'orgueilleuse douairière la responsabilité
de ces fâcheux incidents, — ce qui prouve
qu'il y a quelque chose de vrai dans le proverbe latin : *Vox populi vox Dei.*

VIII

LE MESSAGE.

Il y avait près de cinq ans que ces choses s'étaient passées, — cinq siècles, dans une époque et dans un pays où les incidents dramatiques se succédaient presque sans interruption et où les gens avaient assez de défendre leurs propres intérêts pour ne point s'inquiéter longtemps des choses qui ne les regardaient qu'à demi. De fait, il y avait déjà bel âge qu'on ne parlait plus du changement survenu dans la maison Lardinois et qu'on n'y pensait pas davantage. D'abord, le successeur de l'ancien syndic faisait parfaitement ses affaires, ce qui a été de tout temps le meilleur moyen de détourner les cancans; ensuite, les bourgeois de Lille avaient véritablement d'autres soucis pour occuper leur imagination : quand bien même ils n'auraient pas eu maille à partir avec les cours de Bruxelles et de Madrid, les partis qui s'agitaient plus que jamais dans leur bonne ville et les compagnies franches qui tenaient la campagne pour le compte de chacun d'eux, ne les laissaient chômer ni de nouvelles ni d'émotions.

Donc, personne ne songeait plus guère au drame de famille qui avait bouleversé les deux intérieurs jadis voisins, — personne, excepté ceux qui y avaient joué un rôle, jusques et y compris maître Matapan, lequel était d'autant plus fidèle à ses affections que les objets en étaient plus rares.

Or, le jour où nous reprenons cette histoire, l'hidalgo était, en son logis, fort occupé à donner des ordres à ses prévôts qui dirigeaient une troupe d'ouvriers réparant en grande diligence la salle d'armes dont le plafond menaçait ruine. Il était près de midi, heure à laquelle les lieux étaient ordinairement vacants, et le maître de céans profitait de ce répit pour remettre les choses en état de recevoir sa clientèle de la soirée.

Cette nécessité de ne perdre aucun moment explique et justifie le geste d'impatience qui échappa au redoutable caballero, au bruit lointain du heurtoir de la poterne de la cour des Reigneaux.

— Au diable soit le fâcheux! s'écria-t-il. Qu'on le laisse frapper, il s'en ira quand il sera fatigué.

Mais il faut croire que l'arrivant était la patience en personne ou qu'il avait du temps de reste, car le heurtoir continua à fonctionner à des intervalles à peu près égaux, faisant résonner l'huis, dans le couloir sonore et vide, comme la baguette d'un timbalier fait vibrer la peau d'un tambour. La persistance de cette musique, au lieu d'exaspérer le maître d'armes, sembla lui rendre au contraire son flegme habituel.

— Maître, faut-il étriper cet insolent? demanda l'un des prévôts impatienté.

— Garde-t'en bien, Guirault. Les insolents ne se frottent point ici. Il est clair que l'homme qui frappe là a de grosses raisons pour entrer... Vas-y voir et sans tarder.

Le prévôt s'éloigna en courant et revint presque aussitôt.

— C'est une manière d'histrion qui se dit arrivé d'Espagne et porteur d'un message devant être remis au seigneur Matapan, parlant à sa personne...

— Bien. Conduis-le dans mon cabinet.

Et Matapan se retira dans un de ses appartements particuliers, où il vit arriver bientôt un singulier personnage. C'était un escogriffe vêtu à la mode du temps passé, de chausses à braguettes et d'une veste à crevés qui le faisaient paraître plus long que de raison, et coiffé d'un bonnet de feutre pointu garni de deux plumes de coq; cet accoutrement, complété par de longs cheveux en broussaille, une moustache en croc, un nez en trompette, des yeux effrontés, lui donnait l'aspect d'un baso-chien contemporain du roi Louis XI oublié

par la mort, tandis qu'un luth passé en sautoir
sur son dos et contredit par une épée qui lui
battait les mollets, faisait planer la plus désavantageuse incertitude sur son identité professionnelle et la moralité de ses moyens d'existence. Ce quidam cocasse, guidé par le prévôt,
s'avança la bouche en cœur, la démarche pré-
tentieusement bouffonne, vers le maître d'armes
dont l'attitude et les traits avaient revêtu leur
expression la plus sévère et la plus glaciale.

— Retirez-vous, dit lentement Matapan à
son second; et vous, parlez !

L'homme attendit que la porte se fût refer-
mée, puis, changeant soudain d'allures, il
s'inclina gravement devant son hôte et, ôtant
d'un seul geste son bonnet et sa perruque :

— Plaise au plus illustre maître de toutes les
Espagnes, dit-il, distinguer en son humble serviteur un homme d'épée et non un ménestrel.
Je suis envoyé vers lui par mon chef, le capitaine don Pedro Spada, lequel m'a confié deux
missions pour votre seigneurie : primo, celle
de remettre en mains propres un pli que je

5.

porte ici cousu dans la ceinture de mon haut-
de-chausses ; secundo, celle de l'informer du
désir de mon maître de l'entretenir librement
en un lieu vers lequel j'ai charge de la conduire à tels jour et heure qu'il lui conviendra
de désigner.

Matapan écouta sans sourciller ce message
encore mystérieux pour lui ; cependant, fidèle
à la maxime qu'un véritable hidalgo ne se doit
étonner de rien, il s'abstint de répondre et regarda froidement l'inconnu découper avec son
poignard l'étoffe très malpropre de son vêtement. Une étroite mais épaisse enveloppe de
parchemin sortit bientôt de l'entaille que
l'homme avait pratiquée, et le maître d'armes,
après l'avoir reçue toujours en silence, rappela
son prévôt d'un coup de sifflet.

— Menez cet homme à l'office, dit-il, et le
réconfortez.

Dès qu'il fut seul, Matapan déchira l'enveloppe et déploya plusieurs feuilles de papier
couvertes d'une écriture serrée qu'il reconnut
du premier coup d'œil : « Lardinois, murmura-

t-il, je m'en doutais ! » Il s'assit devant une
table sur laquelle il étendit et redressa les
papiers chiffonnés par le séjour de leur étroite
prison, puis, la tête appuyée sur ses deux mains,
il s'absorba dans la lecture du récit qui va
suivre.

IX

LES DÉBUTS DU CAPITAINE SPADA.

« Ne cherchez aucune signature à la fin de cette lettre, très cher maître; l'écriture, qui vous en est familière, suffira à vous faire reconnaître la main qui l'a tracée. José, mon messager, est un homme sûr, auquel vous pouvez vous fier; mais si brave et si habile qu'il soit, il n'est point à l'abri des mésaventures, et ce papier pourrait ainsi tomber dans des mains ennemies; c'est pourquoi j'ai voulu qu'il restât anonyme.

» Vous connaissez les graves raisons qui m'ont fait fuir cette ville, il y a tantôt cinq ans; les mêmes causes, augmentées d'autres non moins graves, m'ont obligé à conserver le se-

cret de mon identité et à éviter avec soin toute
relation avec mes proches et mes amis. Vous
seul, qui m'avez ouvert la carrière, êtes excepté
pour le moment ; et vous apprendrez sous peu
pourquoi j'ai tardé à vous instruire de mes
destinées, bien que je sois de retour dans mon
pays.

» J'ai quitté les Flandres emmenant avec
moi, sur le désir de mon vénéré père, le fils de
notre premier compagnon, M... Ce garçon,
dont la fidélité ne s'est jamais démentie, devait
me servir tout à la fois de laquais et de valet
d'armes, pour le cas où, grâce à vos recommandations, je réussirais à obtenir une compagnie
dans les armées de S. M. Catholique ; c'était
le seul de nos ouvriers qui sût manier autre
chose que les outils de son métier. Il fut convenu que nous partirions isolément et qu'il me
viendrait joindre à D..., où je l'attendrais à
l'auberge de l'*Épée de Gayant*, qui est celle des
aventuriers. J'évitais à dessein l'hôtellerie des
Trois Balances, où j'étais connu. Je ne pas-
sai à D... guère plus d'une nuit ; mais c'é-

tait encore trop et j'aurais mieux fait de n'y
point séjourner du tout, car pendant que je
prenais mon repas dans la salle commune, je
vis arriver une demi-douzaine de bravaches
que je soupçonnai avec raison d'avoir été dé-
pêchés de L... à mes trousses, et qui me sui-
virent en effet à la piste jusqu'en Espagne.
Toutefois, ils ne me fournirent point alors l'occasion de leur tirer les vers du nez; et le lendemain, M... étant arrivé, je partis sans tarder.

» Léger de bagages et bien approvisionné
d'or, je pus voyager avec célérité, et c'est probablement à cela que je dois d'avoir échappé
à toute embûche jusqu'à la grande et belle
ville de Bordeaux, où je m'arrêtai pour toucher une somme d'argent chez un de nos anciens confrères. L'honnête marchand borde-
lais était riche et d'humeur hospitalière, et
bien que son logis fût étroit, comme tous ceux
de cette ville, il m'obligea à prendre gîte chez
lui, appela sa femme et ses trois belles filles
aux yeux noirs, et me retint en fêtes pendant

toute une semaine. Ces huit jours de plaisir pensèrent m'être aussi fatals que les délices de Capoue au grand Hannibal.

» Comme j'étais engagé dans les Landes, dont la traversée, au dire de mon hôte de Bordeaux, devait exiger deux grandes journées de cheval, je fus assailli à l'improviste par une grêle de pierres que des paysans me lançaient de loin avec des frondes. Que me voulaient ces gens : je n'ai pu l'apprendre d'eux-mêmes, car je dus renoncer à les poursuivre à cause des fondrières et marécages dans lesquels ma bête culbutait à chaque pas. Une autre mésaventure, qui m'advint quelques jours plus tard, me donna seulement à penser qu'ils avaient été ameutés contre moi à l'aide de quelque machination, et peut-être payés pour nous faire disparaître dans les profondeurs de leur désert.

» C'est au passage de la Bidassoa, à la frontière même, que se produisit l'affaire qui m'ouvrit les yeux. Ce fleuve est profond et très large, et les pêcheurs qui habitent ses rives

font métier de transporter dans leurs bateaux
plats les voyageurs qui se rendent d'un pays à
l'autre. J'entrai dans l'une des cabanes situées
en un lieu appelé Hendaye, non loin de l'em-
bouchure, pour faire prix avec un passeur, ce
qui fut long, l'homme affectant de ne parler
que son patois et de comprendre aussi mal le
français que l'espagnol. Finalement, après des
pourparlers impatientants, il me conduisit de
mauvaise grâce à une barque trop petite pour
nous contenir avec nos montures, et il s'obstina
à transporter d'abord nos chevaux pour revenir
nous prendre ensuite. Force nous fut donc de
l'attendre sur la berge, démontés et dépourvus
de nos arçons par conséquent. Or, pendant
que nous critiquions ainsi de loin la mollesse
de sa manœuvre, de taillis voisins de la rive
partit une volée de coups de feu évidemment
dirigés contre nous, — car j'entendis siffler les
balles autour de moi et mon domestique reçut
des éraflures à l'oreille et au bras.

» — L'épée au poing, et sus à ces traîtres !
m'écriai-je en m'empressant de joindre l'action

à la parole pour prévenir une seconde dé-
charge.

» Mais nous battîmes en vain les buissons :
nous n'y trouvâmes personne ; en revanche, de
nouvelles arquebusades nous furent adressées
d'autres taillis plus éloignés, sans doute par
les mêmes ennemis qui s'étaient repliés. Jugeant qu'on cherchait à nous attirer dans quelque embuscade, et ne voulant point demeurer
en cible à ces tireurs invisibles, nous nous em-
parâmes d'un batelet échoué sur la grève, que
nous mîmes à flot et sur lequel nous nous
hâtâmes vaille que vaille vers le canot qui
transportait nos montures.

» Pendant ce trajet d'un quart d'heure, nous
essuyâmes encore plusieurs bordées, et nous
pûmes apercevoir quelques-uns de nos agresseurs, que la distance m'empêcha de reconnaître ; ils paraissaient commandés par un personnage de corpulence remarquable que je
retrouvai en travers de ma route, plus tard,
devers Ségovie.

» J'avais hâte d'arriver à Madrid, aussi je ne

m'attardai point à rechercher le degré de complicité du passeur dans ce guet-apens. Je ne fis guère que traverser Fontarabie, Tolosa, Vittoria, Burgos, Arnanda, et j'entrai dans la capitale, neuf jours plus tard, sans nouvel accident.

» Je ne vous surprendrai point, très cher ami, en disant que j'ai été émerveillé par les splendeurs de cette ville, par l'agitation continuelle qu'y entretient la présence de la cour, par le spectacle, nouveau pour moi, de la somptuosité et de la puissance royales. Je m'empressai d'aller rendre mes devoirs au noble comte d'Osma, votre parent, et de lui remettre votre lettre d'introduction. J'en fus bien reçu. Il montra un affectueux empressement à m'obliger, et s'offrit à me recommander au duc de Medina-Sidonia, qui disposait, me dit-il, des emplois militaires. J'acceptai et j'eus le bonheur de plaire au chef de la toute-puissante maison de Guzman ; je fus attaché à son service dès qu'il eut appris de la bouche d'Osma que j'étais votre élève favori. Peu de temps après, dans une expédition galante où un attentat fut dirigé contre lui, j'eus l'heureuse chance de lui prouver l'excellence de vos leçons et de le sauver d'un obscur trépas en soutenant seul l'attaque de plusieurs assaillants que j'accommodai au plus mal. A partir de ce moment, ma fortune fut faite. Le duc publia partout que j'étais, après vous, la première lame du temps, il vantait ma force, exaltait mon courage, et voulut me présenter au roi. J'eus donc, par lui, le grandissime honneur de déposer mon épée aux pieds de Sa Majesté Catholique, au palais de l'Escurial, pendant que mon protecteur expliquait mes mérites au silencieux souverain.

» — Nous acceptons votre épée, jeune homme, me dit le roi du ton froid et lent qui lui est habituel; Guzman l'utilisera en attendant que nous l'utilisions nous-même. Allez, et soyez fidèle.

» Je me relevai quand le roi fut passé, et replaçai mon arme. Aussitôt je vis que cette simple parole princière avait autant fait pour ma réputation que si j'eusse renouvelé les exploits du Cid : je fus entouré par tous les seigneurs présents qui s'empressèrent à me courtiser à l'envi, sollicitant mon amitié avec autant de flatteries et d'instances que s'ils eussent imploré les faveurs d'une belle.

» Tels furent mes débuts. Je suis resté trois années consécutives en Espagne, tantôt en expédition ordonnée par le duc, tantôt en service auprès de la personne royale, et j'acquis enfin le grade de capitaine aux gardes du roi, dont le brevet confère la noblesse.

» Pendant ce long séjour, j'eus de nombreuses aventures, tant pour le compte de mes maîtres que pour mon compte particulier. Des premières, souffrez que je ne vous dise rien; des secondes, je ne vous relaterai ici que les principales.

» Vingt fois je fus assailli ou arquebusé à l'improviste, toujours dans des circonstances où la défense était désavantageuse ou impossible, et en cinq ou six de ces occasions je fus blessé plus ou moins sérieusement. Je me sen-

tais surveillé par des espions inconnus, dès
que je quittais le palais du roi ou celui de Guzman, et quand je partais pour des missions qui
m'éloignaient de Madrid je pouvais être certain d'être attaqué dans quelque défilé de montagne, bois ou *posada* isolée. J'étais constam-
ment obligé de marcher, comme disent les hi-
dalgos, « la barbe sur l'épaule », pour éviter
d'être surpris. Un soir que je traversais la
sierra Guadarrama, en revenant de Ségovie où
j'étais allé pour le service personnel du duc de
Medina, mon cheval glissa sur les caillous
d'une pente et s'abattit; au même moment
deux hommes, qui devaient m'avoir suivi sous
bois, dévallèrent d'un talus et s'élancèrent sur
moi. L'occurrence était critique, car M... était
à quelque distance en arrière et j'avais une
jambe retenue par un entrelac fortuit de la
courroie des étriers; j'étais un homme mort
si ces bandits n'avaient craint de donner l'a-
lerte à mon écuyer en se servant de leurs
armes à feu. Ils accoururent l'épée haute et ce
fut leur perte, car à ce jeu-là ils n'étaient point

de force. Le premier qui arriva à portée n'eut
pas le temps de fournir une seule botte : un
froissement de fer le désarma et un coupé de
revers lui creva le ventre ; quant au second,
avant même que son camarade ne fût à terre,
il tomba lui-même avec cinq pouces de lame
dans les côtes. M... accourait tout effaré en ce
moment.

» — Fouille ces drôles, lui dis-je, pendant
que je vais me dégager.

» Sur l'un, il trouva une lettre qu'il me ten-
dit.

» — Celui-ci n'est pas mort, ajouta-t-il en
me montrant le dernier tombé.

» — C'est bien, fais-le parler.

» Il tira sa dague, dont il lui mit la pointe à
la gorge.

» — D'où viens-tu ?

» — De la Granja.

» — Où vas-tu ?

» — En Flandre.

» — Porter cette lettre ?

» — Oui.

» — Qui est ton maître ?

» — Le capitaine Bœuf.

» — Où est-il ?

» — A la posada del Toro, à la Granja.

» — A qui portais-tu la lettre.

» — A un certain seigneur du H...

» J'en savais assez. J'arrêtai l'interrogatoire. Je fis quartier au misérable, que je recommandai à la pitié d'un berger dont la cabane était proche, et je rebroussai chemin vers la Granja, résolu à en finir avec ce « capitaine Bœuf » que je ne connaissais point, mais que je tenais maintenant pour l'exécuteur responsable des vengeances du gentilhomme félon dont j'avais traversé les trames.

» Il faisait déjà nuit quand j'arrivai à la Granja. Des gitanas dansaient à la lueur de la lanterne qui brillait au linteau de la posada, et dans le cercle de spectateurs qui s'était formé autour des bohémiennes, je distinguai du premier coup d'œil le personnage monstrueux que j'avais entrevu sur la berge de la Bidassoa, quelque deux années auparavant. J'allai droit à lui

et le touchai à l'épaule. Il se retourna grossiè-
rement, mais à ma vue il demeura un moment
interdit.

» — Messire, lui dis-je, vous m'avez fait
l'honneur de m'envoyer divers messagers ; je
vous apporte moi-même ma réponse.

» — Vous vous trompez, seigneur, répondit-il avec aplomb ; je ne vous connais pas et
ne vous ai envoyé personne.

» — En ce cas, mettez que c'est moi qui ai
besoin de vous entretenir et veuillez prendre la
peine de me suivre...

» — Ah ! c'est une querelle que vous venez
chercher ? dit-il alors en prenant aussitôt son
parti et en élevant la voix de manière à mettre
la foule de son côté ; que ne le disiez-vous de
suite ! Chacun sait que je suis un homme paisible, mais du diable si le capitaine Bœuf a jamais reculé devant un insolent ! Holà ! l'aubergiste, des torches par ici, et ces bonnes gens
vont avoir deux spectacles au lieu d'un !

» Cette harangue, débitée d'une voix de
matamore, plut à l'assemblée, qui abandonna

les danseuses pour se ranger autour de nous en applaudissant le spadassin. Les torches apportées, celui-ci dégaina; j'en fis autant et le combat s'engagea à l'instant avec une violence extrême. Cet adversaire eût été redoutable pour un homme moins robuste que moi, car ses coups étaient d'une brutalité presque irrésistible; mais vous m'avez appris le moyen de triompher de ces sortes d'ennemis. Sur un de ses battements forcenés, je trompai le fer et me fendis à fond. Il hurla un juron, rompit d'un pas et tomba. Je l'avais atteint à la poitrine, et mon épée, glissant sur les côtes, lui avait déchiré tout le sein gauche et traversé le bras.

» La blessure n'était pas grave par elle-même, mais elle devait être douloureuse et d'une guérison lente. On transporta le vaincu dans l'auberge, où je pris aussi gîte pour la nuit, car il était trop tard pour songer à repasser la montagne.

» Quand je fus seul, je fis sauter sans scrupule le cachet de la lettre saisie sur mes bandits; elle était à peu près ainsi conçue :

6

« Monsieur le comte,

» Le présent messager est le troisième que
» je vous expédie depuis mon retour en Espa-
» gne. Vos instructions ont été exécutées de
» point en point, et puisque aucun des deux
» envoyés précédents n'est parvenu jusqu'à
» vous, c'est qu'il leur sera arrivé malheur en
» route. Voici, au surplus, ce que vous man-
» daient ces deux rapports égarés. »

» Suivait une liste détaillée des embûches
auxquelles j'avais été en butte depuis l'arrivée
du personnage en Espagne, c'est-à-dire depuis
environ un an. La lettre se terminait comme
suit :

« Quant à l'identité de l'homme, elle ne fait
» pas doute. Le cap. roy. qui se fait appeler don
» P. S... est bien le même individu qui s'appe-
» lait L. R..., à L..., et que j'étais chargé par
» vous de faire disparaître, il y a deux ans,
» avant qu'il eût atteint la frontière, par des
» procédés différents qui n'ont pas réussi.

» Il est aujourd'hui puissant et bien en cour,

» et plus que jamais l'entreprise qui vous inté-
» resse est difficile, dangereuse, et exige des
» sacrifices d'argent. Les derniers subsides
» que vous m'avez envoyés sont presque épui-
» sés ; je vous prie de m'en faire tenir sans
» retard de nouveaux, plus importants, à défaut
» desquels je serai forcé d'abandonner l'affaire
» pour ne pas risquer de me trouver dépourvu
» des moyens de regagner ma terre de C...

» J'ai l'honneur d'être, Monsieur le comte,
» votre dévoué serviteur.

« Signé : C... »

» La cire du cachet rompu portait un cœur
frappé d'une flèche, que je jugeai n'être point
un emblème amoureux, mais une devise par-
lante, auquel cas le prétendu capitaine Bœuf
pourrait bien être ce mécréant de Crèvecœur
dont les scandales faisaient déjà tapage en Flandre, avant mon départ.

» Je ne l'ai plus revu en Espagne à la suite
de cette aventure ; il est vrai que peu de temps
après j'eus l'occasion de recruter quelques gar-

des du corps dont je me fis suivre en toutes mes expéditions (entre autres le José qui vous a remis ce pli et un montagnard catalan, nommé Gomez, que je m'attachai en les arrachant l'un et l'autre aux griffes de la misère et aux bras de la potence).

`» Il y a deux ans, le duc de Medina-Sidonia m'annonça que le roi avait daigné fixer son choix sur mon humble personne pour une mission de confiance dans les Flandres ; et à quelque temps de là je quittai l'Espagne, après avoir eu l'honneur d'une longue entrevue avec S. M. Catholique en son palais d'*El Escorial*.

» Cette mission, dont mon nom de guerre vient sans doute de vous révéler la nature, si vous ne la connaissiez déjà par vos intelligences particulières, n'est point encore terminée, mais elle touche à sa fin, et il m'est permis maintenant de la combiner avec mes intérêts personnels. Or, c'est en vue de ceux-ci que j'ai besoin de vos avis et de vos conseils. C'est pourquoi j'appelle encore une fois à mon aide votre fidèle amitié et votre grande expérience. »

Sa lecture terminée, Matapan se leva et serra les papiers dans un lourd coffre de fer à serrure compliquée. Son visage sombre brillait d'un éclat inaccoutumé : le maître d'armes se complaisait visiblement dans les succès de son élève aimé. Mais ce rayon ne fut que passager; Matapan avait repris son apparence glaciale quand Guirault accourut à l'appel de son sifflet.

— Amenez l'homme, dit-il.

José reparut.

— Est-ce loin? lui demanda-t-il laconiquement.

— Deux heures pour un bon cheval, seigneur.

— De quel côté ?

— Du côté de Douai.

— C'est bien. Je serai demain au coucher du soleil à l'auberge de l'*Arbrissel*.

— Cela suffit. Votre seigneurie m'y trouvera.

José, toujours sérieux dans son costume de baladin, s'inclina jusqu'à terre et s'éloigna.

X

UN CAMP DE PARTISANS.

La vaste plaine qui s'étend entre les deux
fortes villes de Lille et de Douai était, à l'époque où se passe cette histoire, plus encore une
région forestière qu'une contrée agricole. A
vrai dire, l'agriculture n'existait plus guère depuis que les passions politiques et religieuses
avaient déchaîné sur le pays la guerre civile et
tous les fléaux qu'elle traîne après elle. Toute
sécurité avait disparu pour les gens de campagne; on voyait plus de champs en friche et de
chaumes défoncés que de terrains en rapport
et de fermes habitées : à peine les nobles, en-
fermés dans leurs châteaux fortifiés, et les bourgeois derrière les remparts de leurs villes, pou-

vaient-ils compter sur le lendemain. De commerce il n'était plus question, si ce n'est dans quelques grandes cités ; on n'entendait parler que de pilleries, de surprises, de massacres : la Flandre tout entière semblait devenue la Terre-promise des soudards, des malandrins, des aventuriers de toute sorte, eux seuls y tenant le haut du pavé et y faisant de bonnes affaires. Aussi rencontrait-on partout des traîneurs d'épée, insolents et brutaux, aussi bien dans les rues des villes que sur les grands chemins ; les bois pullulaient de bandes suspectes, et certaines d'entre elles poussaient l'audace jusqu'à tenir ouvertement leurs quartiers dans des villages qu'elles occupaient militairement comme pays conquis.

On comprend par ce qui précède combien devait être dangereuse la route qui unissait les deux villes : bien que sa longueur ne dépassât point huit lieues, les voyageurs que des nécessités impérieuses obligeaient à la parcourir préféraient attendre des compagnons pour franchir en nombre et en force les bois, marais et autres passages périlleux, à courir les risques d'une pérégrination solitaire.

Toutefois les exceptions ne manquaient point, et de même qu'on citait de grosses caravanes dont les routiers coalisés n'avaient fait qu'une bouchée, on citait aussi plusieurs hardis compères qui avaient accompli tout seuls et avec bonheur cette étape de mauvais renom.

Les deux cavaliers qui renouvelaient cet exploit, le lendemain de la visite de José au seigneur Matapan, ne semblaient pas gens à solliciter l'escorte d'autrui : ils trottaient insoucieusement l'un derrière l'autre, en silence et sans hâte, comme à la promenade. Le jour était à son déclin lorsqu'ils arrivèrent à la lisière de la forêt de Phalempin ; mais cette circonstance, qui eût été redoutable pour tout autre, ne sembla nullement les émouvoir. Au contraire, ils quittèrent bientôt le grand chemin pour s'enfoncer au plus épais des futaies dans un sentier assombri par une obscurité précoce. Cette allure singulièrement décidée

n'était pas celle de marchands, quelque déterminés qu'ils fussent, et, en effet, comme le
lecteur l'a déjà deviné sans doute, ces gens-là
n'étaient point des bourgeois. Ils entendirent
sans broncher les voix rudes de sentinelles
invisibles leur crier du fond des taillis : « Qui
va là ? — Wer da ? — Wie daar ? » et répondirent impertubablement par un seul mot qui
n'était ni français, ni allemand, ni flamand,
mais espagnol : « Spada ! »

Ils s'arrêtèrent alors et du fourré se dégagè-
rent trois ombres avec lesquelles l'un deux
échangea quelques plaisanteries, après quoi
ils continuèrent leur chemin à travers le bois,
qui se faisait moins silencieux et moins obscur
à mesure qu'ils avançaient. Des points lumineux
piquaient çà et là la masse sombre des grands
arbres, révélant l'approche d'un lieu habité,
et des rumeurs vagues, les unes graves, comme
le bourdonnement de voix nombreuses, les
autres aiguës comme des rires de femme, traversaient l'air, apportées par les bouffées du
vent.

Enfin les deux voyageurs débouchèrent sur une vaste clairière où flambaient une douzaine de grands feux autour desquels s'agitait une multitude bigarrée d'hommes d'armes de toute sorte, de goujats, de jongleurs et de bohémiennes. A l'autre extrémité, on apercevait une maisonnette de bois brut devant laquelle brillait un brasier plus large et se promenait un soldat dont le pot et la cuirasse reflétaient capricieusement les feux. De chaque côté de la clairière, des tapis et des étoffes accrochés aux arbres formaient une série d'abris plus confortables et surtout moins étroits que les tentes des camps réguliers. Des torches de résine pincées dans des bâtons fendus et fichés en terre, éclairaient ces réduits où des groupes réunis autour de tables improvisées se livraient aux bruyants plaisirs du jeu ou de la bonne chère, tandis que d'autres, déjà repus ou ruinés, s'amusaient à fourbir leurs armes, raccommodaient leurs chausses ou dormaient roulés dans leurs manteaux.

Les nouveaux venus, sans prêter aucune atten-

tion aux parties engagées sous les tentes, piquè-
rent droit à travers la cohue assemblée autour
des jongleurs et diseuses de calembredaines, et
se dirigèrent vers la cabane à la sentinelle.

« Spada ! » répétèrent-ils, comme le soldat
s'apprêtait à leur barrer la porte.

— C'est bien, répliqua celui-ci avec un ac-
cent espagnol, j'ai ordre de vous faire entrer
et de prendre soin de vos montures.

L'intérieur de la maisonnette était mieux
orné que ne pouvaient le faire supposer les pa-
rois extérieures. Les murailles étaient dissi-
mulées par des tapisseries aux couleurs vives,
tendues en forme de tente, de la pointe du
toit jusqu'au sol, qui lui-même était couvert
de peaux de loup. Aux quatre panneaux, des
trophées d'armes renvoyaient en mille gerbes
la lumière d'un grand flambeau de cire qui
brûlait sur la table, où se voyaient les reliefs
du repas du soir. Trois escabeaux et une sorte
de divan oriental servant de couche à l'hôte du
lieu, complétaient l'ameublement de la première salle. Au fond, une solution de conti-

nuité dans la tenture révélait l'existence d'une
porte qui donnait accès dans une seconde pièce
par laquelle on pouvait battre en retraite, en
cas de besoin, car la cabane avait deux issues,
comme il sied à tout quartier général choisi
avec discernement.

L'habitant de cette demeure singulière se
tenait debout, attendant les étrangers dont
l'approche lui avait été signalée. C'était un
homme dé taille presque gigantesque, qui pouvait passer pour le type à peu près parfait de
la force élégante; une belle et intelligente tête
blonde surmontait ce corps d'athlète. Confor-
mément à la mode du temps, il portait les cheveux ras, mais il n'avait pas observé les mêmes
règles pour sa barbe, qui, au lieu d'être coupée
de près et en pointe sous le menton, descendait en un flot soyeux sur son pourpoint de
velours noir. Tel était, au physique, celui qu'on
appelait le capitaine Spada, l'âme et l'épée du
parti espagnol dans la Flandre wallonne, aussi
en faveur à Bruxelles et à Madrid que redouté
et honni dans la châtellenie de Lille, le bail-

liage de Douai, le Hainaut et le Tournaisis.
La suite de ce récit apprendra au lecteur les
motifs des sentiments contradictoires qu'inspirait cet aventurier célèbre.

Il s'empressa, les bras étendus, vers l'un des
voyageurs, qui n'était autre que Matapan, et le
maître et l'élève se tinrent un instant serrés
dans une étreinte émue.

— Retire-toi, José, mais reste à portée d'appel... et garde-toi d'approcher pot ou fille, car
j'ai besoin de ta cervelle. Tu auras ensuite le
loisir de rattraper le temps perdu.

José s'inclina sans mot dire, en homme qui
connaît la consigne, et sortit.

— Et nous, maître, prenons place et cau-
sons comme au temps jadis.

Les deux hommes s'assirent commodément
sur le divan, comme il convient en vue d'un
sérieux entretien.

— Ah ! mon fils, dit Matapan en contem-
plant son hôte avec une admiration attendrie,
que voilà longtemps, en vérité, que je ne t'ai
vu et entendu, et combien ton vieux maître

7

est joyeux de te retrouver enfin tel qu'il t'a si
souvent souhaité autrefois ! Dieu fait bien ce
qu'il fait... et ce n'est pas pour auner du drap
qu'il forge des hommes de ta trempe. Or çà,
pourquoi m'as tu mandé, mon fils ? As-tu besoin de l'épée de Matapan pour quelque difficile aventure, de ses conseils pour sortir d'un
cas embarrassant, de ses amis ou de sa bourse ?..
Parle, tout est à toi.

— Merci, maître, merci, mon vieil ami, répondit Spada en le serrant de nouveau sur sa
poitrine ; il s'agit, en effet, de choses de haute
importance pour moi et que je vous exposerai
dans leurs moindres détails. J'ai besoin de savoir avant tout, d'une manière sûre et complète, ce que l'on connaît, à Lille, des affaires
de Pierre Lardinois, et comment on y juge le
capitaine Spada. Vous seul, mon maître, mon
second père, vous qui avez été le dépositaire
de mes secrets et l'initiateur de ma carrière,
vous êtes à même de me renseigner avec sincérité et certitude ; c'est pourquoi, ne pouvant
aller vers vous, je vous ai prié de venir à moi.

— Et bien tu as fait, par saint Jacques, mon glorieux patron !

— Je vous écoute donc.

— D'abord, mon fils, nul ne soupçonne ta métamorphose, et il me semble évident que les indiscrétions expédiées d'Espagne à ce sujet et dont tu as surpris la révélation, à la Granja, il y a trois ans, ne sont pas arrivées à leur adresse. J'en eusse été des premiers informé, et d'ailleurs une si grosse nouvelle eût transpiré et tout le monde aurait fini par la connaître. Non, je ne pense pas que personne songe à retrouver sous l'armure de don Pedro Spada le Lardinois perdu depuis cinq ans. Chacun croit le fameux aventurier aussi bon hidalgo que moi-même. Certains de mes matamores qui ont passé par ta compagnie, dans ces derniers temps, m'ont donné à entendre, il est vrai, que le capitaine Spada et mon ancien favori La Rapière devaient ne faire qu'un seul et même individu, par la raison que tous deux avaient même taille, même encolure, même jeu, et qu'il était impossible de trouver deux

champions maniant le métal avec une aussi diabolique perfection; je les ai laissés dire sans
infirmer ni confirmer, et comme personne ne
savait rien de La Rapière, ils ont conclu que
ce personnage était bien, comme d'aucuns l'a-
vaient pensé, un caballero en quête d'aventures. Quant aux gens de la ville, qui incline-
raient volontiers à croire que tu es Belzébuth
en personne si l'on ne te savait zélé catholique,
ton nom seul leur inspire une épouvante inexprimable; c'est dire qu'ils ne te portent pas
dans leur cœur. Les uns te regardent comme
un lieutenant de Monseigneur d'Albe, le « duc
de sang », comme ils l'appellent; davantage te
tiennent simplement pour un routier habile et
sans scrupule. Garde-toi de te laisser prendre
par les gens de Lille, mon fils : il y a parmi
eux des gens retors qui trouveraient des poux
sur la tête d'un archange, et qui te feraient
condamner à la hart comme un vulgaire malandrin. Et bien qu'homme d'épée, tu n'aurais
à attendre aucun appui des nobles, qui ne te
pardonnent pas plus d'avoir rossé les hugue-

nots en vingt rencontres, que d'avoir mis à sac
quelques douzaines de châteaux puant l'héré-
sie. Ceux-là sont au contraire tes pires ennemis; ils te noircissent à dessein dans l'esprit du populaire. Depuis tantôt deux ans que
Spada tient la campagne dans les Flandres, il
ne survient pas un méfait qu'ils ne le met-
tent à son compte. Un homme est-il égorgé
dans les faubourgs? c'est Spada! Une cense
flambe-t-elle à l'horizon? c'est Spada! Une
caravane de marchands est-elle détroussée?
c'est encore Spada! Si quelque manoir est
enlevé d'assaut, on ne s'occupe pas de savoir
s'il y a eu bataille, si l'on y est entré à travers murs et fossés, rapière au poing et dague aux dents : non, on compte chaque peau
trouée, chaque femme forcée, chaque toit
brûlé, et l'on dit toujours : c'est Spada! Il y a
là, mon fils, autre chose qu'un effet spontané
de la crédulité publique : il y a une manœuvre
imaginée dans le but d'amonceler sur ton nom
l'exécration populaire. Par qui est-elle conduite? Voilà la question. Est-ce par une coa-

lition tacite de tous tes ennemis ? Est-ce par les
fortes têtes du Magistrat, avec l'arrière-pensée
d'en tirer définitivement parti contre toi, à
un moment donné? Ces deux hypothèses sont
vraisemblables, et la seconde plus encore que
la première. Mais... pour te découvrir toute
ma pensée, il me semble que je flaire aussi là-
dessous quelque haine personnelle, quelque
haine de femme, compliquée et ténébreuse...
Pourquoi? Sur quels indices ? Je ne saurais le
dire. Affaire de nerfs, instinct de vieux jouteur, sentiment de l'épée. Tout nous prouve
cependant que ton incognito a été bien gardé,
c'est vrai... Mais n'importe, méfie-toi, mon
fils !... Tu m'as demandé la vérité, elle est tout
entière devant toi, car j'ai fini.

Matapan se tut, et son auditeur demeura pensif. La renommée sanglante qu'on lui faisait ne
le touchait guère : à cette époque de violences
et dans ces jours de troubles, une pareille célé-
brité n'avait rien qui pût choquer un homme
de guerre. La politique impitoyable que le duc
d'Albe exerçait depuis six ans avait, pour ainsi

dire, blasé le public de sang et d'horreurs. Mais
la dernière hypothèse soulevée par son interlocuteur avait frappé Spada. Des haines, certes,
il en avait suscité! Tout ce qui tenait de près
ou de loin, ouvertement ou secrètement, à la
Réforme, était *ipso facto* déchaîné contre le
champion de la dure politique de l'Escurial; le
parti bourgeois, qui se méfiait également des
empiètements royaux, et des entreprises orangistes, le considérait aussi comme un ennemi
mortel. Mais ce n'est pas seulement à ces haines logiques que Matapan avait fait allusion,
c'était aussi à une haine personnelle, vivace,
calculatrice, implacable, et Pierre n'avait pas
oublié qu'il avait laissé une de ces haines-là
derrière lui. Mais alors il fallait que son secret,
si soigneusement enveloppé, eût été éventé;
comment et par qui? Là commençaient les obs-
curités.

— Merci, maître, dit-il après un moment de
silence; ce que vous m'avez appris est exactement ce que j'avais intérêt à savoir. Mais, dans
ma joie de vous revoir, dans ma hâte de vous

entendre, j'ai oublié mes devoirs d'hôte ; excusez-moi. Approchez-vous de la table ; une course à travers champs et bois ouvre d'ordinaire l'appétit. Je compléterai ma lettre de vive voix quand vous aurez satisfait votre estomac. Holà, Nino ! que l'on serve promptement ce gentil-homme !

Aussitôt apparut ou plutôt se glissa par un entrebâillement de la portière du fond un page souple et gracieux qu'un œil moins sagace — et moins hidalgo — que celui du maître d'armes, n'aurait pas eu de peine à reconnaître pour une des jolies bohémiennes dont pullulait alors le pays où fleurit l'oranger. Mais ces liaisons passagères étaient trop conformes aux mœurs des camps pour que Matapan en fût aucunement surpris. Il s'assit devant la table, sur laquelle le gentil serviteur venait de déposer un pâté de venaison, et il se mit à attaquer sans cérémonie plats et flacons, pendant que son amphitryon faisait appeler José, son émissaire. Celui-ci ne tarda point à paraître ; mais sa face enluminée prouvait que la tentation ne l'avait point trouvé de pierre et qu'il n'avait point su résister aux ennuis d'une attente solitaire.

— Misérable sac-à-vin, s'écria avec colère le redoutable aventurier ; sache qu'un ivrogne est la moitié d'un traître ! On pend les traîtres par le cou pour les supprimer ; on pend les ivrognes par les pieds pour les vider : choisis !

— Faites excuse, illustre capitaine, répondit le maraud nullement intimidé et avec une grimace tout à la fois humble et comique ; il ne sortirait de mon gosier que du vin trempé...

Et ce disant, il plongea sa tête drôlatique dans une jarre pleine d'eau qui se trouvait dans un coin de la tente, et dont on l'entendit ingurgiter précipitamment le liquide ; après quoi il se redressa tout mouillé, mais en pleine possession de ses sens.

— Passe encore pour cette fois, dit Spada, desarmé par cette bouffonnerie ; mais gare à la prochaine ! parle, maître entonnoir !

— Voici, capitaine. Déguisé en chicanous, perruque en tête, grimoires sous les deux bras, écritoire à la ceinture. Entré à Lille avant-hier matin. Fait causer les gens du quartier Saint-Etienne sur le compte de la famille Lardinois. Quatre Lardinois vivants ; primo : le père, ancien drapier, riche à gogo, échevin ; secondo, la mère, même maison, rue Saint-Jacques ; tertio, le fils aîné, Pierre, qui a tourné à la diable, disparu depuis plusieurs années ; quarto, Raoul, le cadet, entré en religion, ordre de saint Dominique. Renseignements particuliers sur l'aîné, néant. On ne sait pas ce qu'il est devenu : mort ou parti aux Iles, disait-on. Vu ensuite la dame Lardinois : su par elle que son fils est en réalité au service d'Espagne. Pour les Beaurepaire, suivant l'ordre, j'ai mandé le sieur Berthould sous couleur de procédure. Vieille lame, celui-là, difficile à dérouiller. Trois femmes et un homme : une douairière, une belle damoiselle et son prétendu, un nommé du Hamel ou du Harnel, et enfin une nonne en monastère à Lille. Tel est le rapport ; le capitaine trouve-t-il que ce soit là besogne et langage d'ivrogne ?

— Tu dis qu'il y a un fiancé et qu'il s'appelle
du Harnel.

— Ou quelque chose d'approchant.

— C'est bien. Tu peux boire, maintenant,
si le diable te grille à ce point les entrailles ;
mais, crois-moi, ne bois que du vin trempé,
comme tu dis, si tu ne veux quelque jour te
laisser tirer les vers du nez comme un sot,
nous attirer quelque méchante affaire et devenir ainsi un traître tout de bon.

— Oui, capitaine... Mais le vin et l'eau
séparément, s'il vous plaît !

José s'esquiva avec une nouvelle grimace
burlesque.

— Maître, dit alors Spada d'une voix réso-
lue, il faut que vous m'introduisiez dans Lille
dès demain !

XI

AMOURS DE BOHÊME

Pendant que le capitaine et le maître d'armes commentaient les nouvelles apportées par José et discutaient les moyens de mettre à exécution le projet qu'elles venaient d'inspirer à Spada, une scène étrange se passait dans l'arrière-chambre de la maisonnette de bois.

Nino s'y était retiré après avoir rempli son double office d'écuyer tranchant et d'échanson, que la sobriété tout espagnole de Matapan avait beaucoup simplifié ; il y avait rejoint un compagnon que l'appel du maître l'avait obligé à abandonner.

Il n'était pas indispensable d'être né par delà les monts pour reconnaître en celui-ci, malgré

l'insuffisance du luminaire, un compatriote de
Nino, si ce mot peut être employé à propos de
gens qui font profession de ne point avoir de
patrie. C'était un bohémien, un zingaro, un
gitano, un maugrabin, un gipsy, car on donnait indifféremment ces désignations diverses
aux individus de cette race mystérieuse et suspecte dont on ignorait complètement alors les
origines.

Sur une pile de tapis roulés qui faisaient partie des marchandises dont était à moitié plein
le capharnaüm tout à la fois débarrassoir, ma-
gasin et cellier, il se tenait accroupi, la tête à
demi cachée derrière ses genoux et ses coudes,
de telle sorte qu'on ne distinguait de son visage
que deux yeux sombres brillant sous une
longue chevelure noire éparpillée en mèches
luisantes, et juste assez de son costume pour
deviner qu'il appartenait à la troupe de jongleurs dont les tours et les prophéties faisaient
pour le moment les délices du camp. Il attendait, immobile, le retour de Nino, mais cette
patience n'était qu'apparente, car aussitôt que

le page eut laissé retomber la tapisserie et fermé
la porte derrière lui, il lui dit d'une voix précipitée quoique contenue :

— Es-tu décidée, Nina ?

— Oui, répondit le pseudo-page.

— Tu viens ?

— Je reste !

Le bohémien murmura entre ses dents une
série de paroles insaisissables, qui devaient
être autant d'imprécations dans sa langue na-
tale, puis s'adressant de nouveau à son compagnon :

— Non, cela n'est pas possible, Nina. Tu
es à moi puisque nous avons été unis suivant
les rites de la tribu et qu'il n'y a pas eu rupture
devant le chef...

— Qu'à cela ne tienne, la rupture sera pro-
noncée cette nuit même !

— Tu ne feras pas cela, Nina. Pour te retrouver j'ai parcouru en tous sens, pendant des
mois, l'Espagne et la France ; je t'ai demandée
à nos frères de toutes les tribus ; j'ai cherché ta
trace jour et nuit comme un chasseur persévé-

rant cherche celle d'un gibier perdu ; enfin, je t'ai retrouvée malgré ton déguisement, j'ai senti l'odeur de tes cheveux sous ta toque de page, j'ai reconnu le contour de tes épaules et de ton sein malgré ton pourpoint et ton mantelet. Je te maudirais devant nos frères si tu méprisais mes souffrances et mon amour. Mais tu ne le feras pas, Nina ! Ce soldat massif et brutal pour lequel tu m'as fui, se joue de toi... Fusses-tu deux fois plus belle, tu ne serais encore pour lui qu'un caprice... Peux-tu te faire illusion ? Ne sais-tu pas que pour ces chrétiens orgueilleux et imbéciles nous sommes et serons toujours des êtres sans conséquence, des esclaves, des chiens, des animaux immondes que l'on peut fouailler, tromper, martyriser, massacrer sans scrupule ? Ton Spada, quand il sera fatigué de toi, te jettera hors de son chemin aussi leste- ment qu'il t'a prise... Demande-lui donc de de- venir sa vraie femme, tu sauras bientôt à quoi t'en tenir ! L'as-tu entendu, tout à l'heure ? Moi, je n'ai perdu aucune de ses paroles, je les ai écoutées, pesées et retenues comme doit le faire un homme avisé qui entend parler son ennemi. Et j'ai deviné sa pensée. C'est pour une femme qu'il veut aller dans cette ville, ce sont d'autres yeux que les tiens qui l'attirent dans la gueule du loup. Si tu ne l'as pas compris, apprends-le de ma bouche ; si tu l'as compris, qui te retient aujourd'hui, quand demain ce sera lui qui te chassera lui-même ? Viens, Nina, sois douce, ma gazelle !

Le bohémien s'était levé et se tenait accroché aux vêtements du beau page, qui avait écouté cette longue objurgation, l'œil étincelant, le sourcil froncé, en donnant des marques non équivoques de son impatience.

— En voilà assez, Medlim ! répondit-il en cherchant vainement à se dégager. Je veux être libre, entends-tu ? et celui qui me retiendra malgré moi n'est pas encore né ! T'ai-je aimé un jour ou un an, où et quand, je ne m'en souviens plus. Si je t'ai favorisé, tant mieux pour toi ; si je t'ai repoussé, attends que le vent change, ce sera peut-être demain, peut-être jamais. Notre amour, à nous, filles

des tribus, est nomade et fantasque comme
nous. Je suis ici parce que ma fantaisie s'y plaît;
je reste avec Spada parce que j'aime Spada
pour le moment; je quitterai Spada ou il me
quittera quand bon nous semblera, à l'un ou à
l'autre, pas une minute avant. Tu as entendu ?
maintenant, va-t'en !

Le page fit un brusque mouvement pour ar-
racher son vêtement des mains de son compagnon, mais celui-ci n'ayant point lâché prise,
les agrafes cédèrent et le pourpoint s'ouvrit
assez pour révéler des contours propres à ne
laisser aucun doute sur l'identité réelle de
Nino-Nina. Cet accident ne fit que rendre
plus ardent et plus pressant celui que la jeune
fille avait appelé Medlim ; il l'entoura violemment de ses deux bras, s'efforçant de l'entraîner et répétant :

—Tu es à moi, Nina, j'ai mon droit...Tu me
suivras, Nina, tu me suivras de gré ou de force...

Mais il recula tout à coup en étouffant une
imprécation : Nina avait tiré de sa ceinture un
stylet aigu dont elle avait fait sentir la pointe

à son singulier agresseur. Son brun visage
était enflammé de colère ; sa main droite serrée
contre sa poitrine tourmentait son arme, tandis que son bras gauche était étendu d'un geste
impérieux vers la porte dérobée qui ouvrait
sur les bois.

— Va-t'en ! répéta-t-elle.

— C'est bien, je pars, répliqua l'autre, blême
de rage ; mais tu entendras parler de Medlim !

— Et toi, si tu médites quelque trahison, tu
verras que Nina sait agir !

Le bohémien disparut avec un geste de menace. Peu d'instants après, le page entendit la
voix du capitaine Spada qui revenait de sa
ronde de nuit en compagnie de son hôte. Tout
bruit avait cessé dans le camp : tout le monde
dormait sous les tentes ou autour des feux ; de
la foule bigarrée qui peuplait tantôt la clairière,
il ne restait debout que les sentinelles dont
quelque rayon réflété çà et là par une cuirasse
ou une lame d'épée, allait révéler la présence
sous les taillis de la forêt.

XII

DOUBLE TRAHISON.

Il y avait noble compagnie, ce soir-là, dans le logis du comte du Harnel, rue de l'Abbiette, à Lille. Bien que l'extérieur de la maison, moins ambitieux que ne le comportait le blason de son propriétaire, ne révélât rien de particulier, les salons étaient éclairés et remplis de nobles hôtes arrivés en catimini par la poterne du jardin, qui donnait sur la ruelle aux Bourdeaux. C'est par là qu'était entrée particulièrement une chaise-à-porteurs d'où était descendue la majestueuse douairière de Beaurepaire. Puis on avait successivement annoncé : le vieux comte de Vasterode-Carembault, portant noblement un des plus grands noms des Flandres, et dont la tête blanche eût fait hon-

neur à l'un des patriarches bibliques ; les comtes
de Fretin et du Mesnil, les vicomtes de la Cressonnière, de Bassenghien, d'Ennetières, de
Varendin ; les barons de Vitry et de la Fon-
taine ; les sires du Riez, du Breuil, de Maroilles, et nombre d'autres, tous gentilshommes
attachés à la cause de la Réforme et par conséquent acquis à l'alliance du prince d'Orange
et en relations suivies avec son illustre compagnon et ministre, Marnix de Sainte-Alde-
gonde. L'assemblée à laquelle nous assistons
était, en effet, l'un des conciliabules périodiques
des chefs du parti protestant de Lille, conciliabules dont on avait grand soin de changer
fréquemment le lieu et l'heure, de crainte
d'éveiller l'attention du Magistrat et de provoquer les violences du populaire qui, en général,
n'était point favorable aux huguenots.

Le comte du Harnel, dont les traits astucieux et les manières insolentes contrastaient
avec l'aspect austère de presque tous ses hôtes,
ayant conduit ceux-ci vers un salon dans lequel
des sièges étaient préparés, le comte de Vaste-

rode prit la présidence, ayant à sa droite la
dame de Beaurepaire, la seule femme présente,
et déclara la séance ouverte.

On délibéra sur la situation faite aux adhé-
rents de la religion réformée ; sur le caractère
agressif, violent et cruel qu'affectait de plus en
plus la propagande catholique ; sur les derniers incidents militaires et sur les moyens à
employer pour mettre la ville de Lille au pouvoir du parti orangiste ; enfin, on en vint à
l'article « communications et affaires urgen-
tes », et le sieur du Harnel, qui n'avait encore
rien dit, demanda la parole.

— Parlez, monsieur, répondit gravement le
président.

— Le sujet dont j'ai à entretenir vos sei-
gneuries n'est pas d'un ordre aussi élevé que les
considérations que vous venez d'ouïr ; il aura
cependant quelque intérêt pour plusieurs de
mes nobles hôtes... J'ai à vous parler, messires, — ce dont je vous demande pardon
d'avance, — du vulgaire bandit qui se pose
effrontément en ennemi de tout un parti pour

avoir le droit d'exercer avec impunité ses
odieux brigandages contre chacun des membres de ce parti...

— Spada! murmurèrent quelques voix.

— Spada, vous l'avez dit, messeigneurs;
Spada, notre persécuteur implacable et impitoyable; Spada, qui a détruit de fond en comble votre fier donjon, sire du Breuil; qui a
brûlé vos trois manoirs avec ses fermes, baron
de Vitry; qui a livré à ses soudards les femmes, les trésors et les caves de votre beau domaine, monsieur de la Cressonnière; qui n'a
pas laissé un être vivant dans la bastille de
Bassenghien! Spada, enfin, qui vient de quitter son camp de Phalempin et qui est dans Lille
en ce moment même!

— Spada à Lille! s'écrièrent d'une seule
voix la plupart des assistants; une telle audace
est-elle possible!

— Faites silence, messieurs! interrompit le
comte de Vasterode; puis se tournant avec
calme vers l'orateur : monsieur du Harnel peut-
il prouver ce qu'il avance?

— Je le puis, messire. Daignez m'écouter avec attention. J'ai été prévenu, il y a deux jours, par un homme sûr, qu'un inconnu se disant clerc, mais dont les allures singulières démentaient les paroles et le costume, avait cherché à se procurer en divers lieux de la ville, notamment auprès des gens de l'hôtel de Beaurepaire — la noble douairière ci-présente vous confirmera ce point — des renseignements de nature suspecte. L'homme qui m'a révélé ceci n'est autre que maître Berthould, majordome dudit hôtel, dont la fidélité est connue de vous tous. Berthould, qui a l'expérience des ruses de la guerre, a deviné à certains indices un homme d'épée sous ce déguisement d'homme de robe; opposant ruse à ruse, il a feint de donner dans le piège et, flattant le penchant du maraud pour l'ivrognerie, il a changé ses doutes en certitude : le prétendu robin, d'après sa conviction, n'était qu'un espion du capitaine Spada.

— Ceci ne me paraît, toutefois, qu'une hypothèse, objecta le président.

— Attendez, je n'ai point fini, continua du

Harnel. Il semble, en vérité, que Dieu soit las
des crimes de ce Philistin ! Hier, comme je songeais à cette aventure, cherchant les moyens
de pénétrer et de déjouer les mauvais desseins
que ce bandit pouvait méditer à l'endroit de
cette ville — desseins que je crois analogues à
ceux que j'entendais développer tout à l'heure,
avec cette différence que Spada agirait au bénéfice de Philippe d'Espagne, et nous au profit
de Guillaume d'Orange ; — donc, pendant que
je songeais à ces choses, le même Berthould
m'amena un transfuge du camp de Phalempin
qui venait de se présenter aussi à l'hôtel de
Beaurepaire. Cet homme, un païen d'Egypte,
veut se venger de Spada qui, paraît-il, lui a
pris sa maîtresse — tout est bon aux suppôts
du Pape ! Il a surpris ses intentions, en écoutant un entretien du chef des routiers avec un
personnage lillois qu'il n'a point pu voir ; dans
cet entretien, le nom de Beaurepaire et le mien
ont été prononcés, et mon homme les a saisis
et retenus avec la lucidité que donne à ces
gens-là l'esprit de vengeance. Il a appris, en

outre, que le personnage inconnu s'est engagé
à introduire Spada dans la ville, durant la nuit
dernière. Par des procédés et en vue de fins
que j'ignore. Spada a quitté son camp hier et il
est à Lille au moment où je vous parle : cela,
j'en puis répondre.

Cette révélation causa une vive agitation
dans l'assistance. L'astucieux orateur avait
touché juste et dit vrai : outre qu'il était l'adversaire commun, Spada était l'ennemi personnel de beaucoup de ces gentilshommes,
dont il avait ravagé les terres, pillé les châteaux
ou ruiné la famille par des rançons énormes
qui n'avaient pas toujours sauvé les vaincus
d'outrages inoubliables. Empêcher Spada de
loger par surprise ses soldats dans la ville, alors
que les privilèges communaux limitaient le droit
du comte-roi à la petite garnison du château,
était une question capitale pour le parti orangiste ; mais capturer Spada lui-même et décider le collège échevinal à l'enfouir dans quelque oubliette, si l'on ne pouvait mieux, était
un coup de maître et une représaille savou-

reuse qui faisaient d'avance tressaillir d'aise la plupart des membres du conciliabule. Après avoir laissé les commentaires arriver au diapason qu'il désirait, le comte éleva de nouveau la voix :

— Je ne sais, messires, dit-il, ce que vous pensez de la nouvelle ; pour moi, je n'hésite pas à dire qu'elle me paraît entraîner des devoirs sérieux. La Providence jette visiblement sous nos épées l'ennemi de notre cause qui est la sienne, et nous confie le soin de la venger. Laisserons-nous échapper cette occasion unique ? Spada, tué ou pris, sa troupe n'est plus qu'un ramassis de sacripants que chacun de nous se chargerait de balayer, et la compagnie de Spada une fois détruite, nous avons le champ à peu près libre devant nous. Donc, il ne faut pas que Spada sorte d'ici vivant !

— Mais où le prendre ? Comment s'en emparer ? demandèrent plusieurs voix.

— Ceci est une autre affaire que nous éluciderons, s'il vous plaît, tout à l'heure. Présentement, il convient de décider si, oui ou non,

l'assemblée est d'avis de capturer Spada, par
tout moyen et à tout prix, mort ou vif.

Le comte avait présenté la proposition sous
l'aspect qu'il jugeait le plus propre à ses fins ;
et, en effet, la clameur unanime qui lui répondit ne laissait guère de doute sur l'accueil favorable qui était fait à son projet..Mais trop d'habileté nuit quelquefois, et ce fut ce qui arriva
en cette circonstance. Le vieux président,
quand il vit les têtes montées, craignit que cet
excès d'ardeur n'engendrât quelque impru-
dence, quelque fâcheux éclat, quelque méchante affaire dont les conséquences auraient
compromis la cause même à laquelle tous ces
gentilshommes avaient voué leur vie et attaché leur fortune ; il résolut d'endiguer cet enthousiasme débordant :

— Calmez-vous, messires. Ce sont là choses
graves qu'il ne faut pas envisager à la légère.
Je pense, comme vous, qu'il est souhaitable de
mettre le capitaine Spada hors d'état de nuire,
mais encore est-il important de ne pas échanger un mal contre un pire. L'adoption ou le

rejet de la proposition de monsieur du Harnel me paraissent absolument subordonnés à la question des voies et moyens. J'invite donc monsieur le comte à nous faire connaître les procédés dont il dispose, afin que l'assemblée délibère en toute connaissance de cause.

Cette objection inattendue, tombée d'une bouche vénérée, embarrassa du Harnel.

— Quel inconvénient prévoyez-vous donc, monsieur le comte? demanda-t-il, visiblement contrarié.

— L'inconvénient très grave d'attirer sur nous l'attention publique, monsieur.

— Mais on peut fort bien faire exécuter le coup par d'autres... Un avis anonyme adressé au Magistrat, par exemple.

— Une délation? Fi, monsieur, vous n'y songez pas! Je ne sauverais pas ma propre tête à un tel prix!... Ni vous non plus, n'est-il pas vrai, messires?

Une approbation immédiate salua les paroles du comte de Vasterode.

— Il y a un moyen, cependant, qu'aucun de nous ne récusera, suggéra le sire de Maroilles, et le voici : monsieur du Harnel nous fera connaître, s'il le sait, l'endroit où l'on peut rencontrer le Spada, et l'un de nous se chargera de lui chercher querelle en son privé nom. Rien de plus facile, ni de plus naturel. Si Spada triomphe, il en résultera un scandale qui compromettra son incognito ; s'il est vaincu, tout sera dit, et personne n'aura été mis en jeu que son adversaire.

— Dans ces conditions, soit ! répondit le président. Il reste alors à désigner celui d'entre nous qui aura l'honneur d'être le champion commun. Il faut une bonne lame, messieurs, car la mission est dangereuse.

— Moi ! moi ! s'écrièrent d'une seule voix dix ou douze des assistants.

— Permettez, insista Maroilles, j'ai eu l'idée, je réclame mon droit d'auteur. Je serai, s'il vous plaît, l'adversaire de Spada.

— La prétention est légitime, décida Vasterode, qu'en pensez-vous, messieurs ?

Personne ne répliquant, le président reprit avec solennité :

— Messire de Maroilles, vous serez donc notre tenant. Faites de votre mieux, et que Dieu vous garde !

Quelques instants plus tard, lorsqu'il se trouva seul avec la dame de Beaurepaire, l'assemblée s'étant dispersée, le comte laissa percer son irritation sans contrainte.

— Les sots prétentieux que voilà ! L'homme nous échappera, madame, si nous n'y mettons ordre nous-mêmes. Spada ne fera qu'une bouchée de ce présomptueux de Maroilles, et il aura disparu avant même que le choc des épées ait attiré le guet !

— Nous verrons cela, beau neveu. Avez-vous pris soin d'informer cet étourdi du lieu où il trouvera son maître ?

— Je lui ai désigné à tout hasard le parvis Saint-Étienne, car je ne pense pas que le capitaine Spada ait complètement oublié l'ancienne passion de maître Lardinois et résiste à la tentation de revoir, au moins de loin, le toit qui abrite celle dont son ambition osait convoiter la main. Pour le cas où il le manquerait là, j'ai indiqué aussi à Maroilles la salle d'armes de Matapan, où je suis certain qu'on verra ressusciter l'ancien La Rapière, sous un prétexte quelconque, pendant quelques heures.

— Vous persistez donc à penser à cette triple identité ?

— Vous m'en voyez absolument certain. Je m'en étais toujours un peu douté. Remarquez-le, ce nom de « Spada » ou « Espada » n'est que la traduction espagnole du pseudonyme « La Rapière » sous lequel Pierre Lardinois dissimulait autrefois sa personnalité bourgeoise à la clientèle de la salle d'armes. J'ai pénétré le secret de ce travestissement, à mes dépens, un soir, dans une algarade où ce drapier matamore joua un rôle brillant. Notez, de plus, que ce La Rapière disparut de la maison de Matapan précisément au moment où Pierre Lardinois quitta la ville. J'ajouterai, enfin, que des hommes à moi ont suivi sa trace, à son départ de Lille, il y a cinq ans, jusqu'à la frontière d'Espagne, n'o-

sant lui chercher noise, bien qu'ils fussent payés
pour cela, à cause de la ressemblance qu'ils lui
trouvaient avec ledit La Rapière ; et que ce
coupe-jarret de Crèvecœur, dépêché encore par
moi en Espagne pour en finir, est revenu sans
avoir réussi à rien qu'à se faire administrer un
maître coup d'épée qui l'a cloué au lit pendant
près de trois mois... Je me trompe, pourtant ;
son voyage a produit un notable résultat : il a
changé en conviction absolue ce qui n'était
encore jusque-là qu'une forte présomption. Si
vous voulez bien rapprocher de ces preuves,
irréfragables à mes yeux, les projets menaçants
qui vous ont été effrontément annoncés par
leur auteur dans la scandaleuse scène que vous
savez, vous ne conserverez pas l'ombre d'un
doute ; vous serez aussi convaincue que moi,
madame, que Spada, La Rapière et Lardinois
ne sont qu'un seul et même individu.

— Je pense, en effet, que vous avez deviné
juste, beau neveu, répondit lentement la douairière devenue pensive. Et alors, c'est notre sécurité personnelle, en même temps que l'inté-

rêt de notre cause, qui est attachée à la chute
de cet homme... Car il a trop bien commencé
l'exécution de ses menaces pour que nous puis-
sions espérer de le voir s'arrêter en chemin.

— Certes, madame ! Et les allures de son
espion montrent à l'évidence qu'il s'apprête à
réaliser celles qui vous concernent. Dieu veuille
seulement qu'il ne soit pas trop tard pour mettre obstacle à ses méfaits !

— Avez-vous sous la main quelques bretteurs déterminés? Cette espèce ne doit pas
manquer par le temps qui court !

— J'ai ce qu'il nous faut.

— Prévenez-les, mettez-les en chasse sans
leur révéler le nom de leur gibier. Que l'un
d'eux ait son arquebuse, pour le cas où l'épée
ne pourrait avoir raison de cet enragé. Il vous
est aisé de faire espionner les allées et venues
de ce La Rapière, si vraiment il reparaît à la
salle d'armes, et vous saurez alors où l'on doit
lui tendre une embuscade.

— C'est bien une partie de ce que je comp-
tais faire.

— Que pouvez-vous de plus?

— Compléter ce plan par une dernière mesure de précaution. Avec un tel ennemi, il faut tout prévoir.

— Mais encore?

— Faire moi-même ce que monsieur de Vasterode, un peu trop ingénu pour son âge, n'a pas voulu laisser faire par l'assemblée : avertir les échevins que leur bête noire a eu l'outrecuidance de pénétrer chez eux sans leur agrément, et qu'ils aient à redoubler les rondes et à tripler le guet.

— Le stratagème n'est pas maladroit, et je commence à croire que la partie n'est pas perdue pour nous. Sur ce, beau neveu, faites appeler, je vous prie, ma chaise et mes gens.

Et la noble dame, escortée de deux valets de pied armés jusqu'aux dents et précédée d'un porteur de torche, se mit en devoir de regagner son hôtel.

XIII

LA DERNIÈRE SOMMATION.

Le lendemain, le vieux Lardinois, en proie
à une vive agitation, lisait le parchemin suivant qu'une main inconnue et doublement perfide avait glissé sous l'huis de sa tranquille
demeure :

« Messire Lardinois, en sa qualité de doyen
des échevins, est averti que l'ennemi mortel
des droits et privilèges communaux, le capitaine Spada, est entré hier, par trahison et
déguisement, dans la ville de Lille, au mépris
de l'ordonnance du Magistrat, dûment publiée
à son de trompe, qui interdit l'accès des portes
sous peine de mort à tout chef, officier ou
émissaire de compagnie franche. On espère

que messire Lardinois voudra bien se charger
de faire part à ses collègues du présent moni-
toire et aviser avec eux aux mesures à ordonner.
On estime que la multiplicité des rondes et la
surveillance de tout étranger suspect, notamment dans les lieux que les hommes de guerre
ont coutume de fréquenter, sont, dans le cas
présent, les premières précautions à prendre. »

A la même heure, ou peu s'en faut, une flèche épointée, habilement dirigée, perçant l'un
des petits lozanges du vitrail, tombait dans la
chambre de l'héritière de Beaurepaire, au moment même où la belle Magdeleine quittait sa
couche. Une étroite bande de papier était liée
au trait par un ruban aux couleurs de Beaurepaire, comme pour forcer à dessein l'attention
et écarter d'emblée toute idée de menace.

La belle fille leva la tête au bruit de la vitre
crevée, suivit de l'œil le trajet du projectile
qu'elle ramassa avec son flegme dédaigneux.

— Un galant effronté, mais original, mur-
mura-t-elle en apercevant le billet.

Elle dénoua le ruban et lut ce qui suit :

« Si mademoiselle de Beaurepaire a conservé
» quelque souvenir de ses affections d'enfance
» et quelque reconnaissance au sein qui l'a
» nourrie, elle ne refusera pas la grâce suprême
» d'un entretien *secret* à celui qui ose encore
» se dire son frère.

» PIERRE LARDINOIS. »

Ce message laconique et pressant jeta la jeune fille dans un trouble subit, d'autant plus profond qu'elle n'était pas coutumière de ce genre d'émotion. Son visage, hautain d'ordinaire, se couvrit d'une pourpre ardente, et son agitation fut telle qu'elle dut s'adosser à son lit. Elle se raidit cependant, indignée contre elle-même.

— Pierre !... Que me veut-il, après ce qui s'est passé ?... Se venger ? Non, la trahison ne saurait habiter cette âme de preux égarée dans une enveloppe roturière... Et puis ce n'est point là le langage de la colère...

Elle s'aperçut alors qu'elle n'avait pas tout lu. Un post-scriptum de deux lignes terminait la lettre :

« A la nuit close le signataire sera dans le » jardin, où il attendra pendant une heure. »

— C'est bien là son audace d'autrefois. Il veut forcer ma décision, et en même temps il se met entre mes mains. Que je dise un mot, et il sera chassé comme un larron ! Mais il sait bien que je ne le dirai pas, ce mot. Une Beaurepaire n'a pas besoin de l'aide des valets pour se faire respecter... Comment pénétrera-t-il dans le jardin ? La maison voisine n'est plus habitée par sa famille, et d'ailleurs la poterne du temps jadis est murée... Et cependant, je suis sûre qu'il sera là à l'heure dite... Saurait-il le projet de madame ma mère, aurait-il appris au loin mes accordailles avec monsieur du Harnel ? Nul doute, c'est cela ! Il n'a pas renoncé à ce qu'il appelait ses espérances... Pauvre garçon ! Ah ! s'il avait un nom !... Mais il se trompe, s'il compte rompre le mariage de Magdeleine comme il a rompu celui d'Anne la mélancolique ! Il veut que je lui signifie moi-même mes résolutions ; eh bien ! il sera fait comme il l'aura voulu.

La belle fille exécuta de point en point l'engagement qu'elle avait pris avec elle-même : quand la nuit fut tombée et que les derniers serviteurs se furent retirés — et on n'usait guère de luminaire en ce temps-là, — elle gagna silencieusement le jardin de l'hôtel par ce même escalier en tourelle que les deux frères avaient gravi en secret plusieurs années auparavant. Elle avait été devancée : dès qu'elle apparut, un homme, jusque-là immobile sous l'ombre des grands arbres, s'avança de quelques pas pour se placer dans la zone éclairée par la lune. C'était Pierre Lardinois.

Le premier mouvement de ces deux jeunes gens qui avaient puisé la vie à la même mamelle, dont l'existence avait été si longtemps commune, fut de se précipiter dans les bras l'un de l'autre ; mais une même arrière-pensée arrêta leur double élan, et dès lors un invincible embarras se glissa entre eux. Magdeleine parla la première, et en s'efforçant de cacher son trouble, elle tomba dans un autre travers; ce fut avec son intonation la plus altière qu'elle prononça ces mots :

— Est-ce mon frère Pierre qui vient vers moi, ou bien un prétendant dont je ne saurais écouter les propos ?

Ce début malheureux augmenta les défiances de Lardinois, qui répondit sur le même ton :

— L'un et l'autre, mademoiselle ; la mort seule pourra séparer ces deux hommes là.

En prononçant ces mots, le jeune homme, d'un geste plein de feu, avait étendu les deux bras en développant sa haute taille dont les formes superbes se modelaient avec vigueur sous le rayonnement de l'astre nocturne ; son mâle visage aux traits réguliers exprimait tout à la fois une résolution indomptable et un ardent amour qui l'illuminaient d'un reflet passionné : il était admirablement beau ainsi, et le trouble de sa compagne s'augmenta de l'é-

motion nouvelle qu'elle ressentit en l'écoutant.
Ce fut presque sans avoir conscience de ses
propres paroles qu'elle répliqua :

— S'il en est ainsi, j'ai le devoir de me retirer...

Pierre eut un geste de colère qui l'interrompit ; il se domina cependant et reprit d'une voix
presque calme :

— Arrêtez, Magdeleine ! Peut-être est-ce la
dernière fois que nous nous voyons, nous qui
avons passé plus de dix ans côte à côte ; ne
rompez pas violemment cet entretien pour lequel j'ai bravé les plus grands dangers. Les
chances de la guerre sont changeantes... Qui
vous dit que demain vous n'aurez pas à pleurer
celui qui fut votre frère ?

— Que voulez-vous dire ?

— Je dis que ma tête est mise à prix : ouvertement par un parti, le vôtre, ou plutôt celui de madame de Beaurepaire, par les orangistes ; en secret par un autre, celui des échevins... Mille pistoles pour la tête que voici, rien
que cela ! C'est une aubaine à tenter plus

d'un sacripant, qu'en pensez-vous, Magdeleine ?

— Je ne puis comprendre vos paroles, mon frère. La tête de Pierre Lardinois mise à prix ! Et pourquoi donc ?

— Parce que je ne m'appelle plus Pierre Lardinois.

— Que signifie ceci ? Comment vous appelez-vous donc ?

— Je m'appelle Spada.

— Spada ! Vous ? Vous... Vous dites que vous êtes Spada ? Le capitaine Spada ?... Suis-je folle ? Ai-je bien entendu ? Vous êtes le capitaine Spada ?

— Je suis Spada.

La jeune fille était en proie à une agitation inexprimable : elle s'était reculée, la main nerveusement étendue vers son interlocuteur, une profonde stupeur empreinte sur le visage. Lardinois, les bras croisés sur la poitrine, la regardait gravement.

— Le généreux Pierre Lardinois devenu cet homme audacieux, sanguinaire et terrible qu'on appelle Spada, dit-elle enfin en poussant un long soupir, est-ce possible !

— C'est vous, Magdeleine, qui avez opéré cette métamorphose ; il dépend de vous qu'elle s'opère en sens inverse et que Spada redevienne Pierre Lardinois.

— Assez sur ce sujet... Vous savez que je ne puis ni ne dois entendre un mot de plus...

— Je n'admets point cela, Magdeleine. Vous êtes libre, donc...

— Je ne le suis plus.

— Comment cela ?

— Je suis fiancée.

— Au comte du Harnel, je sais cela, et c'est ce qui m'a déterminé à tout braver. Monsieur du Harnel a toujours convoité les domaines de Beaurepaire ; n'ayant pu les tenir de la pauvre Anne, il pousserait la complaisance jusqu'à les recevoir de Magdeleine. En vérité, ce gentilhomme a le cœur souple. Mais on n'aime pas à ce point les richesses sans aimer la vie encore davantage, et j'imagine qu'il suffira d'une simple sommation dûment signée par moi pour

le décider à vous rendre votre parole. C'est
donc absolument comme si vous étiez libre.

— Voilà d'étranges prétentions, répondit la
jeune fille piquée et redevenue tout à coup
hautaine ; vous ne comptez pas sans doute que
j'y souscrirai ?

— Prenez place sur ce banc, Magdeleine,
dit Pierre sans relever son exclamation, et écou-
tez-moi ; vous déciderez ensuite de mon sort
et du vôtre.

Alors le jeune homme lui fit le récit abrégé
de son existence tourmentée, à partir de la
soirée funeste où la rupture avait éclaté entre
les deux familles. Il lui dit les résolutions que
lui avait suggérées sa passion méconnue et
dédaignée. Il lui raconta son dégoût soudain pour le paisible avenir que lui préparait
la prévoyance paternelle, sa transformation
immédiate de bourgeois en homme d'épée, son
départ pour l'Espagne, ses aventures, la terrible
mission d'exécuteur que lui avait imposée la
colère du roi devant les entreprises séditieuses
des partis ; il lui dit tout, enfin, lui ouvrant

sans réserve son esprit en même temps que
son cœur.

Mademoiselle de Beaurepaire, qui avait
écouté ces détails avec une silencieuse attention, dit alors avec une intonation singulière
que Pierre prit pour de l'ironie :

— Les exécutions sanglantes auxquelles le
capitaine Spada procède depuis tantôt deux
ans, l'assaut et le sac des châteaux, le massacre
des garnisons, les violences et les outrages de
toute sorte, étaient donc dans le programme de
cette mission ?

— Ceci n'est point mon secret.. Que vous
importe, d'ailleurs ? J'ai assez prouvé — n'est-
ce pas ce que vous vouliez ? — que la bravoure
et la force ne connaissent pas le blason, et
qu'un fils du peuple peut égaler les plus fiers
gentilshommes, les humilier, les dépouiller, les
battre, les réduire à merci.

— Mais non les déshonorer ni devenir leur
égal...

— Vous vous trompez, il peut même les
déshonorer et devenir plus que leur égal : leur

9.

terreur et leur maître! Vous l'apprendrez
mieux encore quelque jour, selon toute apparence, continua Pierre d'un air sombre. — En
attendant je vous ai tout dit, je vous ai parlé avec
mon âme, vous savez maintenant ce que j'ai fait
pour vous conquérir, et vous ne m'avez répondu jusqu'ici que par des sarcasmes... Magdeleine, de par le pieux souvenir de votre père,
je vous en conjure, écartez les préjugés et les
influences funestes qui ont oblitéré votre esprit
et refroidi votre cœur autrefois si ardent et si
spontané. L'heure est solennelle, croyez-le!
Dites, Magdeleine, que décidez-vous?

La jeune fille sembla cruellement perplexe
pendant quelques instants; mais elle répondit
d'un ton ferme en se levant:

— Je vous ai dit que je n'étais plus libre...
Je ne puis rien ajouter.

— Ah! c'en est trop! s'écria Pierre avec
emportement. La morgue devient démence
quand elle est poussée a ce point! Sangdieu,
les dames de ce temps-ci renieraient la chevalerie au nom de l'étiquette! C'est bien, je sais

maintenant ce qu'il me reste à faire et je le
ferai, s'il plaît à Dieu et à Notre-Dame. Il y
aura encore du sang, il y aura encore des rui-
nes, des cris, des pleurs : vous l'aurez voulu,
Magdeleine! Quant à votre odieux mariage, il
ne s'accomplira jamais, notez-le. Dussé-je pour
cela mettre le feu aux quatre coins de la ville !
Il ne s'accomplira point, vous dis-je, et c'est
heureux pour vous, car vous m'aimez... Oui,
vous m'aimez, vous m'avez toujours aimé, malgré vous, malgré votre orgueil... Pensez-vous
que le cœur ne devine pas cela ? Moi, je le sais
mieux que vous-même, car vous ne savez pas,
vous, si ce que vous éprouvez est de l'amour
ou de la haine ou de la crainte... Mais vous
êtes possédée du démon de l'orgueil qui vous
aveugle, vous trompe et vous fait prendre
pour de l'héroïsme ce qui n'est que de l'abjec-
tion; à ce démon-là et à son digne suppôt le
sire du Harnel, je vous arracherai par la force...
Encore une fois, vous l'aurez voulu, vous tous;
que le sang qui sera versé retombe sur la tête
des vrais coupables ! Adieu !

Et sans attendre la réponse de la jeune fille atterrée et toute palpitante devant cette sortie fougueuse, Pierre s'élança sous les arbres et disparut.

XIV

LA CAPTURE

Le « beau neveu » de madame de Beaurepaire avait mal apprécié l'habileté de son ennemi en le supposant assez maladroit pour se
montrer dans un lieu aussi public que l'était
une salle d'armes en réputation : le fameux
La Rapière ne ressuscita point et nul n'aperçut
son masque bien connu au logis de maître Matapan. Le sire de Maroilles y passa en pure
perte la meilleure partie de sa nuit et la journée du lendemain, s'escrimant tant et plus
pour se préparer la main, tournant la tête à
tout venant dans l'espoir toujours déçu de deviner son adversaire sous les traits de quelque
inconnu. Las enfin de cette attente vaine, il se

décida à aller chercher ailleurs son adversaire
et à diriger son attention sur les alentours de
la place du Grand-Marché. Mais là il rencontra
un obstacle auquel ni lui ni d'autres n'avaient
songé : les visages étrangers et les tournures
singulières y abondaient, par la raison que les
caravanes de marchands et aventuriers de toute
sorte y arrivaient de minute en minute en vue
de l'ouverture de la foire franche qui était proche. Comment discerner dans cette cohue un
homme qui avait intérêt à se dissimuler? Il
est certain qu'il n'y aurait jamais réussi si le
hasard, comme il arrive parfois, n'était venu à
son aide — dans les conditions les plus avan-
tageuses pour les destinées de l'honnête gentilhomme, c'est-à-dire un peu tard.

Pierre Lardinois, qui avait la parfaite notion
des risques qu'il encourait et des lieux que la
prudence lui faisait un devoir d'éviter autant
pour sa propre sécurité que pour celle de ses
amis, s'était bien gardé de se montrer à la
salle de Matapan. Il avait pris gîte tout simplement chez le père de son écuyer, Michel Ma-

this, lequel habitait une maisonnette dépen-
dant de la propriété des Lardinois, mais tour-
née à rebours et prenant jour et issue sur la
place de l'Arbalète, au lieu de donner sur la
rue Esquelmoise. Le vieux Mathis, qui avait
passé sa vie chez le syndic des drapiers et
lui devait la modeste aisance dont il jouissait, était dévoué corps et âme à son jeune
maître ; et celui-ci en s'attachant son fils avait
ajouté un nouveau motif à l'affection de ce
fidèle serviteur. Enfin, une autre raison encore
avait décidé le capitaine Spada à requérir
l'hospitalité du bonhomme Mathis : c'est que
son logis était contigu au jardin de l'hôtel de
Beaurepaire, dont un mur bas le séparait seul.
C'est par-dessus ce mur, qui longeait les char-
milles, que Pierre avait lancé sa flèche ; c'est
par là qu'il était venu au rendez-vous et qu'il
avait ensuite opéré sa retraite.

Le lendemain de sa suprême et infructueuse
démarche, tout espoir de rapprochement étant
désormais perdu, Pierre se disposa à rejoindre
sa troupe et à combiner le nouveau plan de

campagne que les circonstances lui imposaient.
Mais, auparavant, il ne put résister au désir de
voir au moins de loin le toit qui abritait sa
famille, dont il était séparé depuis des années.
Il pouvait contenter sans témérité cette pieuse
envie, et il l'eût réalisée sans accident si la vengeance n'avait pas doublé la clairvoyance de
ses ennemis. Pierre, qui ignorait les préparatifs
dirigés contre lui, estima qu'il lui suffisait de
reprendre les vêtements de son ancienne condition et de renoncer à toute arme apparente
pour rester confondu avec tout le monde et
pour passer inaperçu. En quoi il eut tort, car le
comte du Harnel veillait avec ses estafiers, le
sire de Maroilles le demandait depuis deux
jours à tous les échos de la ville, et la prévôté
était également sur pieds à son intention. N'ayant
nul soupçon de ces embûches diverses, le capitaine Spada, redevenu de pied en cap Pierre
Lardinois, le fils du drapier, se mit en chemin
de l'air le plus bourgeois du monde.

Tout alla bien d'abord et l'aventureux pro-
mêneur ne remarqua sur les visages des pas-

sants déjà nombreux aucun indice d'hostilité ni
même de curiosité alarmante. Cependant, au
moment où il quittait les petites rues pour dé-
boucher sur la place du Grand-Marché, un incident survint qui eût dû le mettre sur ses gardes : une sorte de truand drapé dans un manteau en loques, qui bayait aux corneilles,
adossé au mur sous l'auvent de la maison du
coin, partit comme un trait d'arbalète après l'a-
voir dévisagé. Etait-ce une sentinelle, quelque
gueux désireux de gagner la prime de son ar-
restation, ou un désœuvré quelconque obéis-
sant à ses propres inspirations sans penser autrement à lui ? Pierre était si confiant dans son
incognito et dans la loyauté de mademoiselle
de Beaurepaire qu'il opta sans hésiter pour
cette dernière hypothèse ; et il poursuivit son
chemin, longeant les maisonnettes accroupies
entre les massifs contreforts de l'église Saint-
Etienne, pour éviter la cohue des forains cos-
mopolites campés sur la place ou attendant en
tumulte les licences du Magistrat. Il contour-
nait un groupe d'hommes qui semblaient être

de simples badauds, lorsqu'un de ceux qui le
composaient s'écria en le désignant du geste :

— Voilà le capitaine Spada ! Qui veut gagner mille écus d'or ?

A l'instant même, douze ou quinze rapières
jaillirent de dessous les manteaux. A l'évidence, Pierre était tombé en plein dans une
embuscade. En homme habitué aux surprises de
la guerre, il embrassa la situation d'un rapide
coup d'œil : ses adversaires, nombreux et bien
armés, cherchaient déjà à l'entourer, et lui
n'avait ni épée ni dague ; la retraite lui était
coupée, et il ne pouvait compter sur aucun secours étranger. Quant à l'homme qui l'avait
apostrophé, si le son de sa voix ne l'avait pas
trahi, Pierre l'aurait deviné d'instinct : c'était
le comte du Harnel.

Quelqu'imprévue que fût l'aventure, quelque désespérée que parût la position, le hardi
capitaine ne s'en montra point abattu. Il s'était
accoutumé à penser vite et à agir de même.
Prompt comme l'éclair, il bondit de côté vers
un amas de tréteaux destinés à quelque mar-

chand ou baladin, en saisit un de ses mains
d'athlète et faisant tournoyer par-dessus sa tête
cette massue improvisée, il la lança violemment
contre ceux qui lui faisaient face. Trois hommes tombèrent et le reste recula en désordre.
Pierre, s'élançant alors vers l'un des blessés,
lui arracha son arme et se retourna, terrible,
l'épée haute.

Le comte, voyant de nouveau compromise
la partie qu'il croyait gagnée d'avance, pâlit
de rage :

— Sus au routier ! s'écria-t-il. Songez au
prix de sa tête !

Mais déjà ses estafiers ne l'écoutaient plus.
Assaillis par une grêle de coups, atteints pour
la plupart avant d'avoir pu croiser le fer, épouvantés par la force et l'adresse d'un ennemi
qui faisait face partout à la fois et dont le nom
seul les intimidait, hués par la populace, qui
prend toujours le parti du plus fort, ils
rompaient désespérément, se dispersaient et
fuyaient.

— A nous deux maintenant, maître lâche !

dit Pierre en se retournant vers son ennemi personnel.

Du Harnel avait dégainé comme les autres, et, dans sa rage, s'élançait au même moment pour frapper son ennemi par derrière; dans la brusque volte-face que fit celui-ci, le comte s'enferra lui-même. Quoique peu profondément atteint, il lâcha son fer et tomba sur les genoux. Au lieu de l'achever, Pierre s'écarta.

— Vous n'en mourrez pas encore cette fois, dit-il, car nous autres, bourgeois, nous ne comptons pas la félonie au nombre de nos vertus. Je vous retrouverai, monsieur du Harnel, quand vous serez sur pieds. Et alors aux derniers les bons, retenez ceci !

— C'est bien dit ! s'écrièrent les spectateurs, étrangers pour la plupart, c'est-à-dire fort indifférents aux griefs des gens du cru contre l'homme qui venait de montrer tant de force et de bravoure.

Deux ou trois estafiers qui avaient vu tomber leur patron s'étaient rapprochés et l'aidaient

à se relever, et Pierre, renonçant à son pè-
lerinage, maintenant qu'il se voyait reconnu,
s'efforçait déjà de se perdre dans la foule, lorsqu'un violent remous se produisit : c'était une
escouade de sergents du guet, commandée par
le lieutenant de la prévôté que quelqu'un des
fuyards avait prévenu. La capture de Spada
était une aubaine dont on commençait à déses-
pérer, et les ordres du Magistrat de Lille
étaient aussi impérieux à cet égard que la prime
promise était alléchante : motifs suffisants pour
expliquer le zèle de la force armée qui dispersa en un clin d'œil les badauds cosmopo-
lites.

— Fuyez ! dit l'un de ceux-ci en poussant
l'aventurier que sa fière tournure désignait
d'autant plus à l'attention qu'il restait presque
seul sur le champ de bataille.

— Cachez-vous là-dessous, mon gentilhomme, ajouta un autre en soulevant une brassée de pelleteries amoncelées en tas en attendant la foire.

— Merci, mes amis, répondit Pierre ; il est

trop tard pour fuir, et je n'aime pas à me cacher.

Les gardes arrivaient comme il prononçait
ces mots. Il jeta son épée, croisa les bras et
attendit. Du Harnel, qui s'éloignait péniblement, soutenu sous les bras par ceux qui l'a-
vaient relevé, le désigna d'un geste vague
en disant au lieutenant qui s'élançait tout
affairé :

— Assurez-vous de lui : c'est le capitaine
Spada !

L'officier étendit la main vers Pierre Lardinois, mais, au moment où les archers se pré-
cipitaient, une voix narquoise les arrêta par
ces mots :

— Allez, allez, messires, arrêtez-moi ce
bourgeois-là, et vous ne tarderez mie à entendre sonner la bancloche !

— Que veut dire ce maraud ? s'écria l'officier.

— Ce maraud vous évite tout simplement
une jolie bévue, seigneur lieutenant, qui vous
aurait valu de messieurs du Magistrat autre

chose que des actions de grâce. Cet homme-ci
est messire Pierre Lardinois, fils de notre digne
échevin. Et si c'est le capitaine Spada que vous
cherchez, le voilà ! Donc, à moi la moitié de la
prime, s'il vous plaît !

Et l'officieux parleur indiquait nettement du
doigt un personnage gigantesque qui semblait
se dissimuler autant que possible derrière les
premiers rangs des curieux ramenés par cet
incident.

Le lieutenant, ahuri, hésitait. Mais quelques
bourgeois étant survenus et ayant reconnu le
fils du drapier malgré les changements amenés
dans sa physionomie par sa nouvelle existence,
il fit un geste et les soldats se saisirent aussitôt
du prétendu routier.

Le plus intrigué de l'aventure était Pierre
lui-même, qui n'avait ni changé d'attitude, ni
dit un mot, devinant derrière cet imbroglio
quelque machination secrète qu'il ne saisisssait
pas encore, mais dont il ne pouvait tarder à
apercevoir les fils et dont, en tous cas, il devait
s'apprêter à profiter. Son attente fut de peu de

durée. En l'homme que les sergents poussaient devant eux, les mains garrottées, il reconnut du premier coup d'œil son propre lieutenant, ce Gomez le Pyrénéen dont il avait parlé dans sa lettre à Matapan ; et cette première découverte le conduisit de suite à une seconde : l'officieux intermédiaire qui avait parlé si à propos n'était autre que José, le Protée, l'histrion José, déguisé pour le moment en honnête artisan de la bonne ville de Lille.

Par quel concours de circonstances heureuses et inopinées ces deux hommes se trouvaient-ils à point nommé sur son chemin pour dépister les limiers du Magistrat? Que José fût à Lille, c'était admissible puisqu'il y était presque continuellement en sa qualité d'éclaireur de la troupe ; mais comment Gomez, que Spada avait laissé au camp de Phalempin, s'y trouvait-il aussi pour jouer un rôle évidemment convenu d'avance ?

Pierre l'apprit quelques heures plus tard de la bouche de José lui-même, transformé de nouveau — en simple valet, cette fois, — car la révélation de l'identité réelle de son chef obligea celui-ci à modifier ses projets et à prolonger ouvertement, sous son véritable nom, le séjour clandestin qu'il avait commencé sous son nom de guerre.

XV

LA FOIRE FRANCHE.

De nos jours, il faut aller à Nijni-Novogorod ou dans quelque ville frontière des provinces asiatiques de l'empire russe pour prendre une idée de ce qu'étaient les franches foires des pays commerçants, des Flandres particulièrement, au moyen-âge et à l'époque de la Renaissance. Ce qu'on appelait alors les *foires* ne ressemblait en aucune manière à ce que représentent aujourd'hui les fêtes périodiques qui ont gardé ce nom. Les *foires* ne sont actuellement que des *kermesses*, des *pardons*, des *assemblées*, plus considérables dans les grandes villes que dans les bourgades flamandes, bretonnes ou normandes; mais, aux proportions près, elles n'en diffèrent guère. Aux temps dont nous parlons, c'étaient des marchés annuels auxquels la difficulté des communications, l'incertitude des relations, l'impossibilité de se procurer couramment les produits étrangers, donnaient une importance capitale, et qui réunissaient sur un point et pendant une période déterminés les trafiquants de toutes les régions connues du globe.

Sous la protection des plus larges franchises commerciales et individuelles, car toutes les lois autres que celles qui garantissaient la tranquillité publique et la sécurité privée étaient momentanément suspendues, on voyait affluer par toutes les routes des caravanes bigarrées et hétéroclites où l'homme noir de l'Égypte, l'homme jaune de l'Inde, le juif au nez crochu du Maghreb, le Turc grave et enturbané, l'Arménien, le Persan, cheminaient de bon accord à côté des chariots bourrés de fourrures, de boisselleries ou de cristaux, conduits par les pâles enfants de la Scandinavie, les gigantesques montagnards de la Suisse et les Vénitiens aux traits mobiles. Derrière ces troupes de commerçants arrivaient des troupes plus curieuses encore : c'étaient des bandes de jongleurs indiens, de bohémiens exerçant toute sorte d'industries bizarres, de baladins montreurs de fauves, de comédiens nomades venant représenter des « mystères », d'acrobates, de disloqués, d'athlètes, de rebouteurs, de nécromanciens, d'arracheurs de dents, de chanteurs, d'improvisateurs, de mendiants, de truands, de culs-de-jatte, d'éclopés, de malingreux, de goitreux, de crétins, de ribaudes montées deux à deux sur des mules et donnant aux passants par l'impudicité de leurs vêtements un échantillon gratuit de leur marchandise.

Tout ce monde étrange était également garanti contre toute avanie par les réglements de la foire franche qui assuraient à tous liberté complète pour la durée de la quinzaine traditionnelle ; et pendant des

jours et des jours c'était un défilé ininter-
rompu sous les huit portes de la ville de
Lille; ceux qui arrivaient nuitamment cam-
paient au dehors sous les remparts et entraient ensuite d'une fournée à l'heure ma-
tinale où les huis étaient réouverts par les
hommes du guet.

C'était sur la place dite du *Grand-Marché*,
vaste étendue de près de deux hectares qui
marquait à peu près exactement le centre de
Lille à cette époque et que des constructions
subséquentes ont morcelée en trois, que s'or-
ganisait la foire. Les sergents de la prévôté
divisaient les forains par catégories, formaient
ainsi des quartiers suivant une certaine méthode, et indiquaient à tous venants l'em-
placement qui leur était destiné. Il arrivait
parfois que, malgré ses larges dimensions,
le Grand-Marché ne suffisait point; alors
certains campements supplémentaires étaient
établis dans les places et carrefours les plus
proches.

Tout était casé et disposé pour le matin de·

l'ouverture officielle, et ce jour-là on entendait
parler et crier dans tous les idiomes possibles,
on voyait briller tous les costumes connus ; les
étoffes les plus riches ruisselaient en flots
soyeux sous les tentes, les métaux précieux et
les pierreries rares étincelaient dans les mains
noires des Africains sous forme de lingots
fauves, de bracelets aux dessins déliés, de bro-
deries de filigranes, de poignées de glaives et
de dagues, de boucliers de parade ; des montagnes de peaux d'animaux du Nord, ours,
martres, renards gris, hermines, attiraient en
foule pêle-mêle nobles dames, muguets insolents et humbles tailleurs d'habits, tandis que,
tout à côté, la fumée des parfums du Levant
se mêlait à l'odeur des huiles de poisson, que
leurs propriétaires respectifs vantaient avec un
égal entrain à des clientèles tout à fait différentes. Des bandes tapageuses composées
d' « escholiers » du Collège des chanoines de
Saint-Pierre et d'étudiants de l'Université de
Douai qui profitaient du passage continu des
caravanes pour accomplir sans risques la sca-

breuse traversée des bois, parcouraient les
allées de ce vaste campement, bousculant,
bousculés, flânant, goguenardant, poursuivant
de leurs quolibets marchands et chalands. De
tous côtés, de grands attroupements compactes
révélaient la présence de jongleurs, baladins
ou chanteurs dans l'exercice de leur art
étrange. C'était un fourmillement, un tohu-
bohu, un brouhaha confus, papillotants,
étourdissants, indescriptibles, que traversaient
çà et là de sombres figures de spadassins famé-
liques, aux longues moustaches et aux longues
épées, en quête d'occasions, de graves personnages délégués par le Magistrat pour présider
à ces tumultueuses assises du commerce, et
les impassibles sergents chargés d'y maintenir
un ordre relatif.

Le matin même la foire avait été déclarée
ouverte par des héraults de l'échevinage, lesquels, accompagnés de deux trompettes, avaient
lu l'ordonnance de rigueur aux quatre coins de
la place du Grand-Marché et successivement

dans tous les carrefours de la ville ; et, depuis
ce moment, le champ n'avait pas désempli, les
marchands n'avaient pas cessé une minute de
crier à tous vents les mérites de leur pacotille,
et les bateleurs n'avaient pas discontinué leurs
tours et jongleries. Les ombres de la nuit, qui
enveloppèrent peu à peu la ville, ne suspendi-
rent en rien cette activité extraordinaire : de
toutes parts surgirent des centaines de torches,
çà et là de grands feux s'allumèrent; l'uni-
forme clarté du soleil fut remplacée par un
rayonnement rougeâtre et capricieux qui ne
fit qu'augmenter l'attrait de la fête en lui
donnant un aspect plus original et une plus
grande licence.

C'était même le moment impatiemment attendu par les muguets, les écoliers, les amoureux de toute condition, car le décorum s'en
allait avec le jour, la flamme fumeuse des rési-
nes éclairait les rendez-vous secrets et surtout
l'entrée en scène des vierges folles venues de
tous pays, qui prenaient quasi-légalement alors
possession de la place publique. On voyait ces

femmes arriver et circuler par troupes au milieu de la foule, provoquant au joyeux déduit
les marchands que la vente avait le plus favo-
risés, agaçant, interpellant les promeneurs, rail-
lant les couples timides qui erraient à travers
la foule s'efforçant de fuir l'attention. Les
unes se pavanaient dans des robes de bro-
card rayé de fils d'or, d'argent ou de cuivre
qui scintillaient merveilleusement à la lueur
des feux. Sous des tentes éclairées et auda-
cieusement ouvertes, on en voyait d'autres
demi-nues, couchées sur des coussins de
pourpre, comme autrefois aux entrées des
souverains, étalant leur beauté à tous les
yeux, ou bien debout et dansant sur des tapis
d'Orient. D'autres tentes mieux closes sor-
taient, avec des sons d'instrument et des
chants gaillards, des cascades de rire et des
tintements de vaisselle, — quelquefois aussi
les éclats de quelque querelle qui allait se ter-
miner à coups d'épée dans un coin obscur
de la vaste place.

C'était aussi l'heure favorite des bohémiens

et des bohémiennes, autour desquels la foule superstitieuse et avide de merveilleux s'assemblait promptement.

L'une de ces troupes nomades vint précisément s'installer sous les murs de la prison prévôtale, large édifice qui faisait une tache sombre au côté est de la place, près de la rue des Sueurs, et dans lequel le prétendu Spada avait été incarcéré.

La bande était nombreuse, ce qui promettait un spectacle varié ; aussi la foule se groupa-t-elle autour des nouveaux venus dès qu'ils eurent allumé les branches de sapin fichées en terre qui constituaient tout leur luminaire. Bientôt les archers qui gardaient la prison se joignirent aux curieux, dont les rangs pressés les empêchaient de voir les jeux surprenants et les drôleries des bohémiens ; puis la lourde porte de l'édifice s'entre-bâilla et ce fut le tour des guichetiers. Il y avait parmi ces histrions de jolies filles dont les danses et les poses captivaient particulièrement les soldats. L'une d'elles, d'une grande beauté, bien qu'elle eût les che-

veux bouclés sur le cou, au lieu des longues
tresses noires qui étaient un des charmes de
ses compagnes, attirait tous les regards par
sa grâce, sa souplesse et l'audace de ses agace-
ries. Elle dansait sur une sorte de pavois tenu
par deux de ses hommes, de sorte que l'on
apercevait de loin sa jupe de clinquant et
l'écharpe bariolée qu'elle enroulait et dérou-
lait légèrement autour de son corps. Comme
elle faisait face à la prison, elle vit par-dessus
les têtes qui l'entouraient le mouvement des
gardes et celui des geôliers, elle vit la porte
ouverte et dégarnie de surveillants; et il semblait qu'elle eût compté sur cette imprudente
curiosité et qu'elle attendît ce moment, car,
après avoir continué sa danse pendant quelques instants, elle sauta prestement à terre et
disparut, cédant la place à une autre dan-
seuse dont le torse et les jambes découverts
devaient exciter plus passionnément encore
l'attention des badauds. Si tel était le but
des bohémiens, les choses marchèrent à
souhait, car personne, ni garde, ni geôlier,

ne vit la jolie ballerine traverser la foule avec une souplesse de couleuvre et se glisser non moins lestement dans la prison échevinale, suivie de près par un homme qui paraissait l'épier.

XVI

LA PRISON ÉCHEVINALE.

Il s'était passé d'étranges choses au camp de Phalempin après le départ du capitaine Spada. Des bruits de trahison venus on ne sait d'où et colportés on ne sait par qui, de ces rumeurs vagues et inquiétantes qui semblent flotter dans l'air aux moments critiques, s'étaient répandus et avaient mis l'agitation et l'émoi parmi les routiers, qui aimaient leur robuste chef autant qu'ils le redoutaient. Et parmi eux il y avait deux personnes que ces alarmes avaient émues plus que tous les autres : c'était d'abord José, dont la conscience n'était point tranquille, car il se souvenait d'avoir ripaillé plus qu'il n'était besoin lors de sa dernière excur-

sion à Lille, et il savait qu'il avait le vin ver-
beux ; c'était ensuite Nino-Nina, qui connaissait le caractère vindicatif des hommes de sa
race et qui n'avait pas oublié les menaces de
Medlim.

L'un et l'autre sentaient leur anxiété croître
d'heure en heure, à mesure que se prolongeait
l'absence de Spada. Toutefois, ils gardaient
leurs pensées secrètes, car ils avaient tous deux
leurs raisons de se montrer discrets. Quel que
fût leur malaise, ils se seraient sans doute résignés forcément à attendre les évènements, si
la nouvelle des mesures extraordinaires prises
par le Magistrat, mesures qui contrastaient
avec le laisser-faire traditionnel de la foire
franche, n'avait été apportée au camp par les
allants et venants.

— Tout ça sent la traîtrise, maître imbécile,
dit José, parlant à sa propre personne. Ta
chienne de langue aura encore évaporé en paroles le vin et la cervoise que ton gosier a en-
tonnés. Le capitaine est en péril, c'est sûr. En
avant les grands moyens !

Et à tout hasard, après avoir mis à contribu-
tion sa fertile cervelle, il s'en alla trouver son
compatriote Gomez, le principal lieutenant de
Spada et le seul homme de la compagnie qui,
par sa taille, sa force et son poil blond de fils
des Goths, ressemblât vaguement à son chef.

— Tu dois tout au capitaine, Gomez ?

— Tout.

— Es-tu homme à risquer, pour payer ta
dette, la corde dont il t'a sauvé ?

— Oui.

— Bien. Mais s'il y a du contre, il y a aussi
du pour. D'abord, il est fort possible que tu
t'en tires ; on s'arrangera pour cela. Ensuite,
si tu en réchappes, ta fortune est faite.

— Tant mieux.

— Alors, en route !

Tous deux, bourgeoisement travestis, s'é-
taient alors mis en chemin pour Lille, où ils
avaient pénétré mêlés à une caravane de marchands véritables. On a vu le résultat de leur
expédition.

De son côté, la jeune gitana n'était pas de-

meurée inactive. Convaincue — non sans raison — que Medlim n'était pas étranger aux
embûches dirigées contre son maître, et que
par conséquent elle se trouvait être la cause
indirecte de toute cette intrigue, elle s'était
élancée à la traverse avec la résolution pas-
sionnée qui caractérise les races méridionales.
Nino-Nina, reprenant les vêtements de son
sexe, s'était jointe, sans hésiter, à la tribu de
maugrabins dont Medlim faisait partie, décidée, coûte que coûte, à pénétrer dans la
ville pour chercher Spada et le mettre en
garde contre les machinations qui le menaçaient.

Mais sa troupe n'était arrivée à Lille que le
jour de l'ouverture de la foire, c'est-à-dire lorsque les incidents qui avaient amené la capture
du faux Spada étaient accomplis. Nina, qui apprit cet événement par la rumeur publique,
crut donc son amant captif; elle prit toutes les
dispositions que lui suggérait son esprit en vue
d'une évasion et, au moyen du stratagème que
nous avons vu, elle pénétra hardiment dans le

sombre édifice, objet de la terreur populaire,
dont on ne sortait guère que pour aller à la
torture ou au gibet.

L'obscurité, qui était à peu près complète
sous les voûtes du porche d'entrée, n'arrêta
pas la jeune fille. Elle enfila délibérément
l'un des trois couloirs divergents qui se
présentaient à elle et au fond desquels on
apercevait, comme une paillette jaune, une
lumière lointaine. D'autres allées transver-
sales et tortueuses croisant celle-là, des
escaliers ténébreux montant ou descendant,
formaient un écheveau inextricable pour
quiconque n'était pas familiarisé avec la to-
pographie de ces lieux, et au milieu de
ce dédale la bohémienne se sentit plus em-
barrassée qu'elle ne l'avait prévu. En vain
elle frappa aux diverses portes toutes bar-
dées de fer qui se trouvèrent sur son chemin : aucune voix ne lui répondit. Elle
tourna à gauche, puis à droite, recom-
mença ses appels : toujours en vain. Les
cachots n'étaient probablement pas dans

cette partie de l'édifice. Elle songea à retourner sur ses pas pour enfiler l'un des deux autres corridors, mais elle était déjà loin et elle courait le risque de rencontrer quelqu'un des guichetiers las du spectacle du dehors. Cependant, à tout prix elle voulait réussir ; de guerre lasse, elle se décida à rebrousser chemin... En se retournant, elle ne put retenir un petit cri d'effroi : un homme, qui la suivait à quelques pas, venait de se coller à la muraille, mais trop tard pour n'être point vu.

Nina n'était point une timide jouvencelle ; le sang ardent des nomades asiatiques bouillait dans ses veines et l'esprit indompté de ces peuplades sans patrie l'animait. D'un geste rapide elle tira son stylet de sa ceinture, et bondit vers l'espion. Celui-ci se voyant découvert avait fait un pas et la lueur d'une ampoule de fer remplie d'huile qui fumait non loin de là, suspendue à une clef de voûte, permettait de distinguer ses traits : c'était Medlim.

— Que fais-tu ici? lui dit la jeune fille d'un ton menaçant.

— C'est à moi de te le demander! repartit le bohémien avec audace.

— Réponds! Je n'ai pas aujourd'hui le loisir de discuter.

— Je fais ce que tu fais toi-même : je cherche Spada!

— Pourquoi?

— Ah! ceci est mon affaire!

— Tu mens!

— Comme il te plaira, ma belle.

— Prends garde, Medlim! Veux-tu répondre, oui ou non?

— Soit! Toi, tu le cherches pour le délivrer, et moi, pour t'empêcher de le sauver.

— Tu me dénoncerais?

— Sans hésiter, si tu persistes. Chacun pour soi.

— C'est donc toi qui l'as livré?

— C'est moi, et je...

— Eh bien! sois puni, double traître!

La voix de Meldim s'étouffa dans un râle-
ment. Nina l'avait frappé au cœur, en fille
habituée à manier son arme et qui connaît le
bon endroit.

L'exécution accomplie, elle poussa du pied
le corps du bohémien jusque dans l'ombre
d'une arcade, puis, changeant de résolution,
au lieu de retourner sur ses pas, elle continua
à marcher en avant.

Après avoir traversé de nombreux passages,
les uns complètement obscurs, les autres éclairés de loin en loin par des lampes de fer dont
le rayonnement ne franchissait pas un cercle
de quelques pieds, après avoir descendu et re-
monté au hasard plusieurs escaliers dont les
marches usées lui paraissaient l'indice d'une
fréquentation continue, Nina se trouva dans
une sorte de cloître, plus long et plus large
qu'aucun des corridors précédents et où la vue
d'une série de portes à judas grillé lui donna
à penser que son aventureuse exploration touchait enfin à son terme.

En proie à une agitation qu'elle ne pouvait

dominer, elle sonda avec soin du regard les profondeurs de cette sombre enfilade d'arceaux, puis se baissant et appliquant son oreille sur les dalles, elle écouta : l'édifice tout entier semblait plongé dans un sommeil absolu ; cependant il lui parut que de temps en temps le silence était interrompu par un vague froissement de fer, semblable à un effort discret et intermittent contre une porte verrouillée. Ce bruit était lointain, mais elle le percevait parfaitement lorsqu'elle retenait sa respiration haletante. Elle se releva vivement et se mit à courir avec la légèreté d'une gazelle, s'arrêtant à diverses reprises pour écouter encore. Guidée par cet indice qui devenait plus saisissable à mesure qu'elle avançait, elle quitta le cloître pour s'engager dans de nouveaux couloirs au milieu desquels elle demeura tout à coup désorientée : le bruit révélateur avait entièrement cessé. Mais elle comprit aussitôt la cause de cet arrêt subit : si légère qu'elle fût, sa course avait été entendue et le captif, croyant à l'approche d'un geôlier, s'abstenait

pour ne pas se trahir. Donc, elle avait deviné
juste : c'était bien un prisonnier qui cherchait
à s'évader, et ce prisonnier indomptable, ce
devait être Spada. Il importait de lui rendre
confiance pour qu'il reprît ses efforts et lui res-
tituât le signal dont elle avait besoin. Nina se
blottit dans un angle obscur et attendit. Mais
elle n'attendit pas longtemps : le même bruit
se reproduisit bientôt, peu marqué d'abord,
presque violent ensuite. Il partait d'un cachot
voisin ; en trois bonds elle fut devant la porte
qu'on ébranlait :

— Spada, Spada, dit-elle, c'est moi, c'est
Nina ! Je t'apporte armes et outils. Où trouver
un joint à cette porte ?

Une voix contenue répondit de derrière l'é-
pais rideau de chêne :

— Merci et bénie sois-tu, enfant ! Glisse ton
paquet sous l'huis, à droite, près du gond.

— J'y suis, le voilà !

Et détachant de dessous sa jupe une ceinture après laquelle pendaient divers instru-
ments, elle glissa ceux-ci les uns après les

autres au prisonnier à travers une fente élargie autant par la vétusté que par le travail des captifs, à l'angle indiqué.

— Je les ai tous, reprit la voix; maintenant, tire sans bruit les deux verrous... Bien! N'entends-tu rien?

— Rien!

— A présent, sauve-toi, si tu le peux, par où tu es venue, car avant un quart d'heure je serai hors d'ici; il y aura probablement bataille et tu me gênerais. Merci encore, Nina!

— Je m'en vais, ne t'inquiète pas de moi! Sois forte, ma bonne épée!

Nina dit en espagnol ces dernières paroles, qui, dans cette langue, formaient un jeu de mots dont elle était coutumière; elle retourna sur ses pas, cherchant à retrouver sa route dans l'obscur labyrinthe de la prison, et apportant cette fois dans sa marche toute la circonspection dont une vraie gitana est capable. C'est qu'en effet, le plus difficile lui restait à faire : entrer avait été un tour d'écolier, sortir était un coup de maître.

La jeune fille ne tarda pas à s'en apercevoir : elle erra longtemps, tournant à droite, à gauche, franchissant les escaliers qu'elle croyait reconnaître, jusqu'au moment où, n'arrivant jamais au carrefour d'entrée, elle dut s'avouer qu'elle s'était complètement fourvoyée. Elle n'avait d'autre ressource que de s'en remettre au hasard qui l'avait si bien servie, et c'est ce qu'elle fit.

Mais la fortune est capricieuse : au lieu de se faire de nouveau la conductrice obligeante de la jolie bohémienne, elle éveilla mal à propos un aide-guichetier qui avait cuvé dans un cachot vide le vin de la fête, pendant que ses collègues plus dispos, sinon plus sobres, s'offraient le luxe d'un spectacle en plein air. Le maroufle, entendant marcher, ne voulut point être pris en faute, et, une lanterne à la main, sortit brusquement de son réduit, de sorte que geôlier et fugitive se trouvèrent face à face.

— Oh ! oh ! fit le drôle. Qu'est ceci ?

Un instant interdite, la bohémienne ressaisit bientôt sa présence d'esprit et feignit de ne pas comprendre.

— Où allez-vous la belle ? reprit l'homme.

Nina fit un geste qui signifiait aussi claire-ment que possible qu'elle n'entendait pas le français, et en manière de confirmation répon-dit dans son idiome natal.

— Que signifie ce baragoin infernal ? Bon ! c'est une maugrabine, ajouta-t-il en levant sa lanterne, et jolie... Voilà qui sent la foire où je ne suis qu'un âne ! Pas cruelle la belle fille, ricana-t-il avec un gros rire ; quel est le malin qui a déniché ce bel oiseau-là pour tuer agréa-blement son temps ? Ce godelureau de Jeannot, je gagerais ! Ah ! mais part à deux, mon bonhomme !

Tout en monologuant, le drôle avait passé son bras libre autour de la taille de la jeune fille, et en dépit de sa résistance, il avançait deux lèvres gourmandes vers sa bouche, lorsque des pas se firent entendre dans une allée voisine. Plusieurs hommes dé-bouchèrent presque aussitôt à quelque distance. C'était une escouade d'archers faisant la ronde.

— Par les griffes du diable, s'écria l'un d'eux, voici ce lourdeau de Bernaert en bonne fortune !

— Et en rupture de règlement !

— Saisie de l'objet de la contravention... en attendant mieux.

— Bien dit !

Les soldats tombèrent en riant sur le groupe interloqué, et repoussant l'infortuné guichetier, s'emparèrent de la bohémienne, qui, dans ce nouveau péril, ne vit pas d'autre moyen de se tirer d'affaire que de se mettre à crier, espérant effrayer ses persécuteurs par la crainte de l'arrivée d'un chef. Mais ceux-ci, animés aussi par des libations plus amples que de coutume, loin de lâcher prise, la saisirent prestement l'un par les épaules, l'autre par les jambes, un autre par la taille, pendant qu'un quatrième lui tenait la main sur la bouche.

Nina se débattait violemment, se tordant comme un serpent, mordant, égratignant, lan-

çant un cri dès que son visage échappait à la
main brutale. Elle sentait cependant qu'on l'en-
traînait, qu'à chaque secousse ses vêtements
de clinquant s'en allaient en loques sous les
mains et les pieds de ses ravisseurs... et elle se
démenait avec la rage suprême du désespoir.

— Fille gagnée! ricana un des soudards avec
un affreux calembour, en sentant mollir ses
efforts.

— Pas encore! riposta une voix rude.

Au même moment une complète obscurité
enveloppa cette scène de violence, le falot
qu'un des soldats tenait mal, de sa seule main
libre, ayant été culbuté en même temps que
la lanterne oubliée par le guichetier déconfit.
Une grêle de coups qu'ils ne pouvaient parer,
ne voyant pas la main qui les portait, s'abattit sur les agresseurs de la gitana, lesquels,
pris d'une panique superstitieuse, détalèrent
en se heurtant aux murs et en se cognant
les uns les autres. Nina se sentit alors soulevée et emportée par un bras puissant.

N'avait-t-elle échappé aux outrages qui la

menaçaient que pour tomber dans un péril inconnu ? Sa cruelle incertitude dura peu. La même voix, adoucie, affectueuse, lui glissa dans l'oreille, pendant cette course rapide :

— N'aie crainte, enfant, tu es aux mains de celui qui te doit la vie !

— Spada ! soupira-t-elle.

— Non, Gomez ! Spada n'est pas ici : il est libre, et c'est moi qui l'ai sauvé. Mais silence !

Gomez, en continuant sa marche, prenait la précaution d'éteindre au passage les lampes éparses sur son chemin. Avec une sagacité toute professionnelle, il avait observé et retenu la route qu'on lui avait fait suivre pour le conduire à son cachot, beaucoup moins compliquée d'ailleurs que les zigzags exécutés au hasard par la jeune fille. Il alla droit au porche d'entrée, sans hésitation ni erreur.

La nuit était déjà avancée ; la fête, qui durait encore — elle ne cessait guère pendant la durée de la foire, et à plus forte raison la première nuit, — avait dégénéré en une franche orgie qui s'étalait de toute part à la chaude lumière des torches et des feux de joie. Nos aïeux ne connaissaient point nos pudeurs, comme on peut s'en convaincre par les écrits de l'époque, et il ne faut pas oublier qu'en ces temps où la force était la plus respectée des lois, où l'étude et les arts étaient le privilège d'une élite peu nombreuse, « le vin, le jeu, les belles, » comme on dit dans les opéras, constituaient les seuls éléments du plaisir.

La maîtresse-porte de la prison échevinale était demeurée ouverte, mais non plus abandonnée : un groupe de soldats et de guichetiers se tenait sur le seuil, devisant et riant, en regardant de loin les ébats auxquels ils ne pouvaient se mêler.

— Je vais faire une trouée là-dedans, dit Gomez à voix basse, en remettant sa compagne sur pieds ; tu profiteras de la déroute pour passer et me suivre. Je retourne au camp par la route de la Maladrerie... Est-tu prête ?

— Oui. Va !

Gomez se ramassa sur ses jarrets et se lança en avant avec la brutalité des taureaux de son pays ; il arriva comme la pierre d'une catapulte sur le groupe des causeurs qu'il éparpilla du choc, culbutés les uns sur les autres, bondit par-dessus les corps enchevêtrés et disparut en un clin d'œil dans les ténèbres de la rue des Sueurs, qui débouchait, comme on le sait, à côté de la prison. Nina l'avait suivi sans peine, et tous deux étaient déjà loin avant que les pauvres diables, éclopés, meurtris, se frottant le front ou les côtes, se fussent rendu compte de l'étrange évènement qui avait interrompu leurs propos.

Le lendemain seulement le maître-geôlier constata que le capitaine Spada s'était évadé en forçant la serrure de son cachot et en faisant jouer les verrous par des moyens inconnus ; et il lui fallut bien notifier ce fait extraordinaire au sire prévôt au risque de la colère de messieurs du Magistrat. La nouvelle en transpira dans le peuple et ne contribua pas peu à augmenter le renom du redoutable aventurier.

XVII

L'HOTELLERIE
DU LION DE FLANDRE.

Dès qu'il eut vu son incognito divulgué et son identité reconnue, Pierre Lardinois avait incontinent changé ses dispositions. Rien ne l'empêchait désormais, en effet, de se présenter ouvertement dans la maison paternelle ; le soin de sa sécurité l'exigeait même, car il ne fallait pas attirer par une conduite mystérieuse et par conséquent suspecte l'attention des magistrats engagée dans une fausse piste. Il se rendit donc tout droit du Grand-Marché dans la rue Saint-Jacques, où habitait maintenant le vieil échevin,

après avoir donné à José l'ordre de s'aller tra-
vestir où et comme il pourrait en honnête domestique et de venir le rejoindre aussitôt. Le
bon drille comprit à demi-mot, s'en fut dare
dare frapper à la porte d'une échoppe à lui connue où une matrone de mine égrillarde, qui
faisait en apparence métier d'acheter et de re-
vendre hardes et bric-à-brac, le reçut à bras
ouverts. Il fit là une courte station et, lorsqu'il
ressortit, nul n'aurait pu reconnaître dans le confortable valet qui portait placidement la valise,
l'épée et le manteau de son maître, le subtil
espion de la troupe de Spada, moitié factotum
et moitié spadassin. Ainsi accoutré, José fit
une entrée aussi prompte que majestueuse au
tranquille logis de l'ancien syndic des drapiers.

Pierre était encore aux genoux de sa vieille
mère qui le couvrait de ses larmes et le com-
blait de caresses, tandis que l'échevin, debout
à quelques pas, contemplait le superbe jeune
homme avec une joie orgueilleuse que son austère visage ne cherchait pas à dissimuler. C'é-
tait un tableau touchant et grave que présentait

ce groupe familial au milieu d'une vaste pièce aux lambris et au plafond de chêne sculpté, à laquelle des meubles massifs et un âtre monùmental donnaient ce caractère de sévère opulence qui charmait nos aïeux.

Maître Lardinois avait conservé toute sa verdeur, en dépit des années qui avaient complètement blanchi sa chevelure et sa longue barbe; mais il n'en était pas de même de sa femme, qui n'avait sauvé des atteintes de la vieillesse et gardé de sa beauté d'antan que l'affable expression de son visage. C'était maintenant une bonne vieille, pleine de mansuétude et de piété, qui supportait avec résignation les infirmités de l'âge et ne demandait à Dieu que de vivre assez pour pouvoir bénir ses petits-enfants avant de rendre l'âme.

— C'est pour toujours que tu nous reviens enfin, n'est-ce pas, cher enfant prodigue? dit-elle en passant sa main amaigrie sur la barbe soyeuse de son fils. Ton père et moi, nous vivons nos jours de grâce, et tu ne voudrais pas nous abandonner encore, au risque de ne plus

nous retrouver ? Non, non, tu ne nous quitteras plus maintenant, dis, mon Pierrot ?

— Bonne mère, non, je ne retourne pas en
Espagne...

— Béni sois-tu, mon enfant, car j'ai peur de
mourir loin de toi !

— Ne parlez pas ainsi, ma mère ; de si tristes pensées me rendraient trop cruelle la courte
absence que m'impose encore mon devoir de
soldat...

— Ah ! encore une absence ?

— Qui sera brève, celle-ci. Je suis porteur
d'un message de S. M. Catholique pour S. A.
le duc d'Albe, aux mains de qui j'ai ordre de le
remettre. C'est donc à Bruxelles que je vais...
Pas bien loin, comme vous voyez, ma mère.

— Et tu reviendras ensuite à Lille pour ne
plus repartir ?

— Je vous le promets, si Dieu favorise mon
entreprise actuelle.

La vieille dame soupira moitié de regret,
moitié de satisfaction. Quant à l'échevin, il
s'arracha avec peine à la muette contemplation

du bel athlète que le ciel lui avait donné pour héritier, et mettant la main sur le bras qu'il ne savait pas si formidable :

— Çà, Pierre, voici l'heure du déjeuner ; viens à table nous raconter tes exploits aux beaux pays d'Aragon, d'Andalousie et de Castille !

La journée s'écoula tout entière dans ces épanchements de famille, pleins d'abandon et de charme de la part des deux vieillards, quelque peu empoisonnés du côté du jeune homme par des arrière-pensées que chacun comprendra et par la nécessité de veiller incessamment sur son langage pour ne pas se trahir.

Le lendemain, Pierre se rendit au couvent des Dominicains pour revoir le frère dont il était séparé depuis cinq ans. L'entrevue fut affectueuse et longue : les deux frères ne se séparèrent qu'à l'heure des Laudes, après s'être tout dit, comme au temps heureux de leurs illusions. Les moines, à cette époque, étaient loin de subir autant que de nos jours le double joug de la hiérarchie et de la discipline ; nombre d'entre eux jouissaient d'une indépendance individuelle à peu près entière et professaient une indépendance morale en rapport avec l'état social qui les entourait. C'est pourquoi Pierre ne dissimula à son frère aucun des détails qu'il avait cachés à ses parents : pour le père Raoul, il fut Spada aussi bien que Pierre Lardinois, Spada avec son mélange bizarre de chevalerie et de violence, d'orgueil et de générosité, avec ses passions nobles et terribles, avec son renom sanglant et ses projets menaçants. Et il faut croire que le spectacle de cette âme de fer ne troubla ni n'alarma la conscience du religieux, car, au sortir de la cellule, les deux frères se donnèrent l'accolade, comme naguère, et ne se séparèrent qu'après avoir dûment pris rendez-vous à huitaine, au camp de Phalempin — ce qui n'était pas l'indice d'une mésintelligence ni d'un défaut de confiance entre eux.

Or, pendant cette longue conférence, il est un autre personnage qui n'avait pas non plus perdu son temps. Depuis le moment où les

alarmés que l'on sait l'avaient chassé du camp
en compagnie de Gomez, le joyeux compère
José voyait trois points noirs au fond de son
verre, et ce spectacle lui rendait la vie amère.
Ces trois taches étaient : d'abord sa rancune
contre l'homme qui lui avait tiré les vers du
nez en le grisant, lors de l'enquête dont Spada
l'avait chargé ; ensuite le sentiment de sa trahison involontaire ; enfin l'inquiétude que lui
inspiraient les destinées de Gomez. Dire qu'il
en perdait le boire et le manger serait exagérer
de plus de moitié : il continuait à manger fort
bien et faisait pour l'instant le plus grand honneur à la cuisine du riche échevin, mais il ne
buvait plus que juste ce qu'il fallait pour voir,
comme nous venons de le dire, ces trois points
cabalistiques au fond de son gobelet et pour
puiser dans les flacons et canettes la résolution absolue d'apurer honnêtement ces trois
comptes.

Ce matin-là, José s'était levé très préoccupé
d'une idée qu'il avait enfantée, retournée,
creusée et fignolée toute la nuit ; il déjeuna

distraitement sans riposter aux propos de l'ac-
corte chambrière de la dame Lardinois, et
partit en diligence, le dernier morceau au bec,
pour ne s'arrêter qu'au seuil de cette même
boutique de friperie où nous l'avons vu déjà
emprunter ses dehors de laquais' conscien-
cieux. Cette fois, s'il y était entré un passable
valet, il en sortit un bravache irréprochable :
feutre chiffonné à bords en parapluie, justaucorps de cuir graisseux, pisseux, tailladé,
chausses extravagantes suffisamment éraillées,
bottes énormes, rapière longue comme un jour
sans pain, manteau troué, escarcelle flasque,
moustaches au vent, œil effronté, rien ne man-
quait à ce modèle des coupeurs d'oreilles.

L'homme, après une station convenable chez
sa digne commère, s'en fut d'un pas tranquille
et fier vers un établissement fameux, sis au
fond de l'impasse de la Nef qui débouchait par
une arcade sur la place même du Grand-Marché. Si les maisons qui surmontaient la voûte
empêchaient d'apprécier les complications in-
génieuses de son pignon de bois, du moins

avait-on placé, de manière qu'on pût l'apercevoir de loin, l'enseigne, qui consistait en un
lion héraldique en fer battu, pivotant au bout
d'une potence à enroulements capricieux, sur-
montée de cette inscription alléchante :

Hostellerie du Lion de Flandre.

Ce n'était certes pas le plus huppé des
gîtes de la ville de Lille, mais c'était le
plus ancien, et la cuisine et la cave en
étaient particulièrement prisées par les gens
de guerre. On n'y voyait entrer ou sortir
que morions, salades et cuirasses; les bourgeois avaient garde d'y fourvoyer leurs pieds,
à l'exception de ceux qui, ayant porté les
armes ou trafiquant d'engins guerriers, y
étaient poussés par une vieille habitude ou
par la perspective d'un honnête bénéfice.

On entrait directement de la voie publique
dans la salle commune, vaste pièce à plafond
bas et enfumé qui, suivant l'ancien usage, servait en même temps de cuisine. Au fond, on

voyait un âtre immense où des chapelets de
volailles et de pièces de viande, enfilées sur
quatre ou cinq broches superposées, se profi-
laient en noir sur le feu clair. Plusieurs tables
de bois brut, rangées de chaque côté, constituaient tout à la fois le laboratoire et le comp-
toir du maître de céans, Gaspard Pankouke,
lequel devait à un genre de pâtisserie de son
invention, devenu fameux dans la suite des
temps, le sobriquet glorieux de « Père Coukebake ». C'était un gros homme de visage jovial
et si rouge qu'il semblait toujours sortir de la
braise ardente ; d'ailleurs compère décidé et
vigoureux, ainsi qu'il convenait avec une clientèle généralement plus généreuse de fer que
d'argent. Une seconde édition de son enseigne
ornait le manteau de la cheminée, avec cette
différence toutefois qu'ici le lion de Flandre
était plus noblement représenté : il « passait
de sable » sur un large écusson « de gueule ».
La salle était de telles proportions que les pré-
parations culinaires du père Coukebake ne gê-
naient en rien les ébats des buveurs ni le grou-

pement des mangeurs, en vue desquels, outre
les bancs fixés aux murailles, un nombre convenable de tables et d'escabeaux étaient disposés
de toutes parts. Enfin, à côté d'un haut dres-
soir, encombré de vaisselle, de brocs, de gobe-
lets de toute capacité, une porte ballante conduisait aux escaliers, cours et écuries, auxquels
on pouvait aussi accéder directement par une
baie ouverte sur l'impasse de la Nef.

Telle était la vieille « *Hostellerie du Lion de
Flandre* » où nombre de Pankouke avaient déjà
fait une agréable fortune et où une longue
série d'autres Pankouke devaient sans doute
prospérer également, s'il plaisait à Dieu.

C'est dans cet établissement que José avait
naguère péché contre le ciel par intempérance
et contre son maître par indiscrétion, et il
n'avait oublié ni le lieu ni les circonstances. Il
se rappelait fort bien la familiarité du joyeux
aubergiste envers maître Berthould, lors de la
ripaille maudite au cours de laquelle celui-ci
avait confessé le prétendu robin qui avait mission de le confesser lui-même ; et il en avait

conclu que ledit Berthould devait être un habitué de cette bonne taverne militaire.

— Ou bien j'y trouverai mon homme, s'était-il dit, ou bien je saurai ce qu'il est devenu, et alors, par la couenne de Belzébuth, j'aurai ma revanche !

José ruminait encore son plan lorsqu'il fit dans la salle du *Lion de Flandre* son entrée de tranche-montagne ; il s'y trouvait peu de monde : une demi-douzaine d'hommes d'épée, dont deux consciencieusement occupés à engloutir de belles tranches de bœuf cuites à point. Celui qu'il cherchait n'y était pas.

— Attendons en ouvrant yeux et oreilles, conclut notre homme. Holà ! quelqu'un ? Qu'on me serve un pot de bière fraîche !

Il s'assit en ramenant bruyamment entre ses jambes sa longue épée. Ce bruit de ferraille attira l'attention de trois buveurs qui causaient entre eux.

— Hum ! murmura l'un, je gagerais que le compagnon que voici a plus de métal dans le fourreau que dans l'escarcelle !

— Il a, en effet, la tournure d'une épée qui se changerait volontiers en fourchette.

— L'air crâne, cependant.

— Oui, assez... Pas mal taillé... Souple et nerveux... Bon œil et bonne jambe.

— La recrue ne serait pas à dédaigner.

— Ça se pourrait. Quelques lames de renfort ne feraient pas mal dans le paysage, là-bas.

Ces observations avaient été échangées à demi-voix, mais José n'en avait pas perdu un mot, bien qu'il se donnât l'apparence d'un homme absorbé par ses réflexions. Le reste se confondit dans un chuchotement indistinct, mais ce qu'il avait entendu suffisait pour mettre son imagination en campagne. Quels étaient ces gens ? Au service de qui étaient-ils ? Où se trouvait ce « paysage » dont ils parlaient ? Maître José se promit d'éclaircir ces points divers avant de lever la séance, et il prit ses dispositions en conséquence.

Il commença par rappeler l'une des servantes à qui il demanda tout haut une miche de

pain et du fromage. qu'il dévora à belles dents,
tour de force d'autant plus méritoire qu'il s'é-
tait proprement lesté l'estomac avant de quitter la cuisine de messire Lardinois. Cette action d'éclat ne fut pas perdue, car il entendit
l'un de ses observateurs répéter aux autres :

— Hein ? Que vous disais-je ?

Et un autre répondre :

— N'importe ! On ne peut pas se jeter
comme çà à la tête des gens. Il faut attendre
maître Berthould, qui ne saurait tarder.

Berthould ! On avait dit : Berthould ! A ce
nom, José eut toutes les peines du monde à ne
pas trahir par quelque grimace sa jubilation
intime. Ses conjectures étaient donc exactes,
ses calculs justes, et il arrivait à point : notre
homme ne se sentait pas de joie, et il avala
d'un trait le reste de son broc pour reprendre
son sang-froid.

Quand il jugea le moment venu de provoquer avec ses voisins des relations qui tar-
daient trop à s'établir, au gré de son impatience, il se leva de son banc, s'approcha de

maître Pankouke qui surveillait avec attention
l'action du feu sur l'appétissante garniture de
ses broches, et lui tapant doucement sur l'é-
paule :

— Au pays d'où je viens, fit-il avec bonho-
mie, je me suis laissé dire que le maître de
l'hôtellerie du *Lion de Flandre* était un frère
généreux pour les gens d'épée ?

— Et l'on ne vous a point trompé, répliqua
l'aubergiste, qui ajouta toutefois par mesure
de précaution, de crainte qu'on n'en voulût à
son argent : j'entends un frère généreux en
bons conseils.

— C'est justement de conseils que j'ai besoin.

— A merveille, répondit le père Coukebake
ravi d'échapper à une demande de secours
financier, je suis tout à vous, jeune homme, et
vous n'avez qu'à parler.

— Voici l'affaire. J'arrive du Brabant où
j'ai guerroyé longuement dans les rangs des
Gueux, je vous le confesse. Dans une des
dernières échauffourées, il s'en est fallu d'un

cheveu que je ne fusse pris, c'est-à-dire pendu,
car il ne fait pas bon de ce côté-là, pour les
gens de la religion; et, par saint Calvin, j'ai
préféré tirer au pied. J'arrive en cette ville où
je ne connais âme qui vive, et je ne vous
cacherai pas que j'ai la bourse forte plate... Si
vous connaissiez quelque riche gentilhomme
ayant besoin d'une bonne lame pour une besogne honorable, ou quelque capitaine en quête
de recrues connaissant le métier à fond, vous
me rendriez un vrai service en me recomman-
dant...

Maître Pankouke, en entendant ces choses, ne put s'empêcher de jeter vers le groupe
des buveurs un regard d'intelligence que José
saisit au passage; puis, après un moment de
réflexion, il répondit :

— Ma foi, jeune homme, il se pourrait que
je trouvasse à vous caser; moi, j'aime les gens
qui ne boudent pas l'ouvrage et je déteste les
paresseux... Mais, diantre, vous pensez, du
jour au lendemain... Ah! par Notre-Dame,
voilà là-bas des braves qui vous renseigneront

peut-être mieux que moi! Dites donc, Sancy,
ne connaîtriez-vous pas quelque bonne aubaine
pour une rapière disponible?

La glace était rompue; une demi-heure plus
tard, quand un nouveau personnage survint,
José, après avoir reçu et rendu le vin de bienvenue, était dans les termes d'une affectueuse
confraternité avec les trois ferrailleurs. Ce nouveau venu n'était autre que l'homme impatiemment attendu par lui : Berthould, le majordome de Beaurepaire.

Le vieux serviteur avait certainement changé
depuis le jour où nous l'avons vu morigéner le
populaire, au début de cette histoire : c'était
maintenant un barbon de près de soixante ans,
mais il portait les années bravement, en vieux
soldat, droit, raide, sec et solide encore, toujours bon pour la garde et pas beaucoup plus
sociable qu'au temps jadis. Chaque jour, depuis qu'un premier hymen avait interrompu la
carrière militaire de son défunt maître en
même temps que la sienne, Berthould venait
régulièrement faire au *Lion de Flandre* une

station de curieux et de consommateur ; cette fois, il y était attiré par un troisième motif, comme José venait de l'apprendre.

Le majordome et l'hôtelier causèrent longuement à voix basse, après quoi le premier appela à son tour le même Sancy, qui, ayant reçu certaines instructions, vint chercher notre routier qu'il présenta à son supérieur.

José, confiant dans son travestissement et dans son adresse, affronta carrément l'œil gris, dur et méfiant de maître Berthould, affectant lui-même un laconisme brutal.

— Vous êtes libre ?

— Oui.

— Vous cherchez de la besogne ?

— Oui.

— Vous avez fait la guerre ?

— Pendant dix ans.

— Avez-vous une préférence pour les papistes ou pour les réformés ?

— Pour les réformés.

— En êtes-vous ?

— Non.

— Alors, pourquoi les préférez-vous ?

— Parce que suis accoutumé à eux.

— Savez-vous commander ?

— Mieux que vous, je suppose.

— C'est ce qu'on verra ; en attendant, vous obéirez.

— Oui, si nous tombons d'accord ; autrement, non.

— Bien entendu. Le vivre et le couvert, part au butin, s'il y en a, armes de rechange, et un philippe d'or par semaine, ça vous va-t-il ?

— Quel service ?

— Garnison.

— Où ?

— Dans un château que je vous indiquerai si vous acceptez.

— Bon. Quel parti ?

— Celui que vous préférez.

— C'est dit, j'accepte.

— En ce cas, vous vous tiendrez prêt à partir sous deux jours pour le château de Doux-lieu... Non, venez après-demain matin à l'hôtel de Beaurepaire — à deux pas d'ici, chacun vous l'indiquera, — vous vous joindrez à l'escorte de madame la douairière. Voici vos arrhes, mettez-vous en état décent.

— Vous serez obéi,... capitaine ?

— Appelez-moi maître Berthould, simplement.

— Dieu vous garde, donc, maître Berthould ! Et vous autres, camarades, à bientôt, je suppose.

XVIII

LA REVANCHE DE JOSÉ

Lorsque Pierre Lardinois revint du couvent des Dominicains, à la fin de cette journée, il trouva son valet assis, les jambes ballantes, sur le « burguet » qui flanquait d'un côté la porte cochère du logis paternel. On appelait ainsi les entrées de caves alors particulières à la Flandre, qui, faisant saillie sur la voie publique et recouvertes d'une large dalle, formaient au bas de chaque façade de quelque importance un édicule comparable pour l'aspect à de petits dolmens. José avait enfourché l'un des coins de la dalle, et, les bras croisés, l'air plus narquois que jamais, il charmait ses loisirs en sifflotant une farandole qu'il composait sans doute au fur et à mesure.

— Eh ! maître drôle, prends-tu cette pierre pour une mule d'Andalousie ? Que diable fais-tu là ?

— Je vous attendais, cap... monseigneur, ayant à vous communiquer un message d'importance.

— Est-ce pressant ?

— Pas absolument, m'a-t-on dit, sans quoi je fusse allé vous prévenir d'urgence; il suffit que vous en ayez connaissance aujourd'hui même.

— C'est bien. Voici l'heure du souper; tu viendras me joindre dès que mes parents se seront retirés.

— Vos ordres seront exécutés.

Deux heures plus tard, les vieux bourgeois étant montés dans leurs appartements, maître José frappa à la porte de la salle à manger où Pierre, assis dans une haute stalle devant la table encore dressée, se livrait à ses réflexions en regardant distraitement les jeux de lumière

des flambeaux dans sa coupe de cristal véni-
tien.

— Entrez, dit-il.

José pénétra, poussa silencieusement le ver-
rou de la porte et attendit.

— Pourquoi ces allures de conspirateur ?
Qu'as-tu appris, et quel danger nouveau nous
menace ?

— Il n'y a nul danger nouveau, capitaine.
Je viens vous apporter ma confession, et vous
dire comment j'ai réparé ma faute et ce que
j'ai fait pour obtenir l'absolution. Vous déciderez si, en bonne justice, je mérite le pardon
ou la potence.

— Soit ! Parle, je t'écoute.

José se mit à raconter toute sa mésaventure
avec la plus complète sincérité, comment le
majordome de l'hôtel de Beaurepaire avait spé-
culé sur sa funeste inclination pour les pots et
chopines, et la trahison involontaire dont il se
croyait seul coupable (car il ignorait celle que
le bohémien Medlim avait payée de sa vie) ; il
dit comment il avait sauvé Spada de la capti-

vité avec le concours de Gomez, et comment,
ce jour même, il avait rendu à Berthould la
monnaie de sa pièce en s'enrôlant à son service
et en surprenant du même coup les projets des
dames de Beaurepaire, le secret de leur départ
et le lieu de leur retraite.

La première partie de ce récit amena sur le
front du capitaine de redoutables nuages que
la suite dissipa progressivement ; aux derniers
mots du coupable, il étendit la main avec un
geste de pardon en disant d'une voix clé-
mente :

— Tu serais un admirable serviteur, si tu
n'étais si faible en face d'une misérable bouteille.
Je te pardonne, José, bien que tu aies failli
causer de grands malheurs ; et, avec l'aide de
Dieu, je te le prouverai quelque jour !

José se jeta à genoux et baisa la main de son
chef. Celui-ci reprit :

— Mais, dis-moi, comment connaissais-tu si
bien mes secrets particuliers et mon vrai nom
que je n'ai confiés à aucun de mes compagnons?

Le drôle se releva et répondit, en contournant son visage d'une manière si comique que son maître ne put s'empêcher de sourire :

— Dame, capitaine, José est l'éclaireur de la compagnie ; sa profession et son devoir consistent à comprendre les demi-mots, à voir d'un coup d'œil et à deviner le reste.

— C'est juste !

— Maintenant, capitaine, j'attends vos ordres.

— Songeons d'abord à mon brave Gomez. Je ne puis malheureusement rien faire pour lui en ce moment, d'une manière directe, du moins ; mais, au moyen d'une demande que j'appuierai de considérations politiques sur la nécessité de ne pas indisposer le roi d'Espagne, dont Spada est le protégé, mon père se chargera de faire ajourner la procédure, ce qui nous permettra d'assurer son évasion. Quant à toi, te sens-tu de force à soutenir ton rôle pendant quinze jours ?

— Mon rôle est trop dans la réalité des choses pour que je ne le remplisse pas au naturel pendant un an, s'il le faut.

— Bien. Alors, tu me quitteras demain sous prétexte d'aller annoncer mon arrivée à Bruxelles, et tu logeras au *Lion-de-Flandre* jusqu'à ton départ. Cela te familiarisera avec tes compagnons et dissipera tous les doutes, s'il y en a. Tu joindras ensuite Berthould quand et comme il a été dit, et lorsque tu seras à Doux-lieu, tu me feras tenir tous les renseignements qui peuvent être utiles à un assiégeant. Il y a, quelque part sur le bord de la Lys, proche de la maison du passeur, entre La Gorgue et Armentières, un certain cabaret du *Coq-Chantant*. Fréquente-le, mais veille sur ton gosier. Le mot de ralliement sera : « Saint » ; tu pourras parler à qui te répondra : « Dominique » Est-ce compris ?

— C'est compris.

Le lendemain, au moment même où un sergent de la prévôté venait, tout effaré, signaler à l'échevin l'évasion inexplicable du prétendu Spada, le légitime possesseur de ce nom de guerre annonçait à sa mère que le moment de son départ approchait et que son valet avait

pris les devants pour préparer son gîte dans la
capitale du Brabant. La vieille dame, inspirée
par cette divination presque surnaturelle que
possèdent toutes les mères, ressentit et expri-
ma, à cette nouvelle, des angoisses qu'elle ne
savait elle-même comment expliquer, car un
voyage de Lille à Bruxelles, même dans ces
temps troublés, ne comportait aucun péril sérieux, surtout pour un officier dont l'extérieur
de Goliath suffisait à imposer le respect. La
pauvre femme crut devoir attribuer ces inquiétudes instinctives à la coïncidence du départ de
son fils avec la fuite du capitaine des routiers :

— Je prie Notre-Dame de la Treille, notre
auguste patronne, dit-elle, qu'elle écarte de ton
chemin ce diabolique personnage !

Pierre répondit en souriant :

— Bannissez vos alarmes, ma mère. Vous
oubliez que ce personnage diabolique est au
service de S. M. catholique... exactement au
même titre que moi. Et entre collègues...

— Fi ! Toi, mon beau Pierrot, le collègue
de ce bandit !

— Ce bandit est un brave soldat, mère, personne ne peut dire le contraire, pas même les parpaillots, ses ennemis mortels ; et, dame, la guerre n'est pas un colin-maillard où les damoiseaux se frappent avec des gants parfumés !

— Tu ne sais donc pas ce dont on l'accuse ?

— Je le sais. Mais un soldat doit obéir aux ordres reçus sans les discuter; frapper, les yeux fermés, où et comme on lui a dit de frapper, et il n'y a pas deux manières de semer l'épouvante qui est la meilleure des alliées. Quand la guerre est déclarée, une pensée domine tout : vaincre. Et pour vaincre tout est bon. Hélas ! ma mère, tout homme d'épée, s'il est sincère, vous dira qu'aucun de nous aujourd'hui n'est à l'abri des imputations dirigées contre Spada, lequel a fait autant à lui seul, pour conserver ce pays à notre auguste souverain, que tous les autres capines du roi..., c'est ce qui a déchaîné tant de haines après lui.

La vieille dame regarda son fils d'un air tout à la fois effrayé et résigné, soupira et ne répondit pas. Ce fut l'échevin qui répliqua :

— Ce que tu dis, mon fils, n'est malheureusement que trop vrai. La guerre est toujours une grande calamité, et cette calamité devient effroyable quand les passions de partis sans scrupule et sans pitié l'aggravent. S'il est vrai — et je le pense — que ce Spada agisse comme il le fait de l'agrément du roi Philippe, ce n'est plus un vulgaire bandit, mais c'est toujours un soldat impitoyable et funeste, et tout homme libre et sensé a le droit de souhaiter d'être débarrassé du voisinage de l'un et de la suzeraineté de l'autre.

Le jeune homme entendit sans broncher la mercuriale indirecte que le vieil esprit de l'indépendance bourgeoise inspirait au magistrat communal. Il se contenta de répondre :

— Il ne serait pas impossible que votre

souhait fût près de s'accomplir en ce qui concerne le capitaine Spada.

— Dieu t'entende ! J'aime encore mieux voir cet aventurier libre et fêté à Madrid que prisonnier à Lille.

— Mais aussi pourquoi l'arrêter comme un simple malandrin ?

— Parce qu'il avait violé les défenses du Magistrat.

— La foire ne suspend-elle point toute prohibition ?

— Toutes, excepté celles qui visent les chefs de compagnies franches. Cela a été dûment publié à son de trompe par tous chemins, rues, carrefours et pertuis de la châtellenie.

— Alors, en effet, son infraction était sans excuse.

Cette conversation, qui avait un intérêt particulier pour l'un des interlocuteurs, ne fut pas poussée plus loin. Pierre se retira sous prétexte de boucler sa valise, et, après un dernier repas de famille, qu'assombrirent les préoccupations intimes des trois convives, il prit définitivement congé de ses vieux parents pour aller, leur dit-il, enfourcher son cheval à l'hôtellerie du *Lion-de-Flandre*.

XIX

L'EMBUSCADE

— Temps de chien !

— Cette gueuse de pluie me crève les lanternes, je ne vois plus à dix pas !

— L'eau passe entre ma peau et ma cuirasse et fait une outre des mes chausses !

— Moi, je suis à l'état d'entonnoir. Dommage qu'il ne tombe pas du vin et que mon cheval ne soit pas une tonne.

Ainsi gémissaient les cavaliers qui formaient l'escorte des nobles dames de Beaurepaire, et le dernier qui avait parlé était le jovial José.

Il faisait, en vérité, un temps abominable. C'était une des premières bourrasques d'automne : une pluie torrentielle à laquelle des rafales subites et brutales imprimaient par moments la violence de coups de fouet.

Le cortège était composé de trois litières de cuir portées par des mules, d'un fourgon fermé et d'une douzaine de cavaliers commandés par le vieux Berthould. Le gros des bagages, ainsi que les femmes de service et les valets, précédaient cette troupe de quelques heures. Le fourgon contenait les effets les plus précieux et les papiers dont la douairière ne se séparait jamais ; quant aux litières, les deux premières abritaient la baronne et la belle Magdeleine, l'hôte de la troisième n'était rien moins que le comte du Harnel en personne, rétabli de sa blessure plus vite qu'il ne l'espérait, mais que le soin de son individu poussait à adopter cet excès de précautions ordinairement réservé au sexe faible.

On venait de quitter Armentières, où l'on avait fait arrêt pour dîner à loisir à l'auberge des *Deux-Anguilles,* et dont les cavaliers en se retournant pouvaient encore apercevoir, entre

les ondées, les remparts et les tours à poi-
vrières. Le cortège avançait lentement et avec
peine, luttant contre le vent, trébuchant dans
les fondrières d'un chemin à peine tracé à travers les interminables pâturages qui avaient
donné leur nom latin à la petite forteresse pro-
prette et coquette des bords de la Lys.

— Ceci ne ressemble point à un voyage
d'agrément, reprit l'un des soldats.

— Pas exactement, repartit un autre. De
ma vie terrestre je n'ai fait pareille chevau-
chée de procession !

— Par les cornes de Satan, ma bête n'est
pas accoutumée à porter un chanoine !

— La mienne non plus ; elle butte d'impatience, et prend chaque goutte d'eau pour un
coup de houssine. Je la retiens à rompre les
rênes.

— Moi aussi, mais gare la culbute !

— Nous jouons à la déroute, pour sûr, mes
enfants !

Au même moment, celui qui venait de parler de culbute s'aplatit dans la boue, son che-

val ayant mis le sabot dans un trou. L'homme se releva en jurant, tout empêtré, mais le cheval s'échappa, partit à fond de train et disparut dans la pluie. De gros rires accueillirent cette mésaventure.

— Il ne s'agit pas de rire, remarqua l'un des cavaliers, on ne peut pas continuer comme ça. La même malchance nous attend l'un après l'autre. Il faut prévenir maître Berthould.

La troupe, qui précédait de quelque cent pas les litières qu'accompagnait le majordome, s'arrêta pour attendre celui-ci.

— Qu'y a-t-il? demanda Berthould.

— Qu'y a-t-il? répéta de dedans la troisième litière la voix du comte.

On leur expliqua la situation, qui parut les contrarier beaucoup. Après un court colloque avec son maître, le vieux serviteur se rapprocha :

— Nous ne pouvons hâter le pas, objecta-t-il, à cause des litières et du fourgon, et il est impossible d'éloigner l'escorte au moment où nous allons arriver aux bois de la Lys... Que ceux d'entre vous qui ne sont pas sûrs de leurs bêtes partent en avant : ils se chargeront de recueillir le cheval échappé. Les autres resteront avec nous. Le rendez-vous du soir est au *Grand-Saint-Éloi*, à Estaires. Montez dans le charriot, Gontran, ordonna-t-il au cavalier démonté.

Sept des hommes dont les montures se cabraient lâchèrent bride et partirent au galop. Le cortège ainsi réduit reprit sa marche monotone et lente sans autre incident jusqu'aux bois, où un crépuscule précoce dû à l'état du ciel, joint à l'épaisseur des futaies, mettait une obscurité presque nocturne, circonstance qui augmenta encore les difficultés et la lenteur du voyage.

On était engagé sous bois depuis une demi-heure et l'on approchait du bac sur lequel on devait franchir la rivière, lorsqu'un coup d'arquebuse éclata sous les arbres en jetant un rouge éclair dans les ténèbres du chemin. L'un des chevaux hennit de douleur et partit comme un trait, emportant celui qui le montait : c'était la bête du majordome.

— Rendez-vous, cria une voix, sinon pas de quartier !

En même temps des ombres se dessinèrent en assez grand nombre de chaque côté de la route, et l'une d'elles se détachant vint saisir à la bride le cavalier de tête, qui se trouva être José lui-même, pendant que plusieurs autres s'élançaient aux mules des litières.

— Imbécile, murmura notre homme, qui prend le chasseur pour le gibier !

Et faisant cabrer son cheval, il asséna un coup du pommeau de sa lourde épée sur la tête de son agresseur, qui tomba étourdi. Se retournant alors, l'arme haute, et entraînant avec lui ses quatre compagnons, José se précipita sur ceux qui entouraient les litières, jetant le cri de guerre des bandes orangistes :

— Calvin et La Rochelle !

— Trêve ! cria alors la même voix qui avait parlé après le coup de feu. A bas la messe !

— Mort aux papistes ! répondit effrontément
José.

— Qui êtes-vous donc ?

— Dames et gentilshommes de la religion
réformée.

— Vos noms ?

— Harnel et Beaurepaire.

— Ah ! par les boyaux du Pape, l'aventure
est bouffonne ! ·

Cette scène avait été si rapide que personne
n'avait eu le temps d'intervenir. Mais au moment où les inconnus se retiraient sur l'ordre
de leur chef, le comte du Harnel sortit de sa
litière et interpella celui-ci :

— Holà, mes maîtres, dit-il, vous avez demandé notre nom ; serait-il indiscret de vous
faire la même question ?

— J'allais vous porter mes excuses, monsieur
le comte, ainsi qu'à vos nobles parentes pour
cette inconvenante alerte... Souffrez que je vous
présente à nouveau, vu l'obscurité, le pauvre
vagabond de Crèvecœur, dit « le Bœuf », capitaine de tout ce qu'il vous plaira, baron sans

baronnie de par S. M. très païenne Belzébuth d'Espagne, — que la peste étouffe, — et châtelain sans château de par les œuvres de son damné suppôt Béhémoth-Spada !

En parlant de la sorte, l'inconnu s'était avancé au milieu de la trouée qui servait de chemin, et l'un de ses hommes avait allumé un falot. On put voir alors que le sobriquet donné par la verve populaire à ce gentilhomme de grand chemin n'avait rien que de judicieux. Monstrueux dans tous les sens, de physionomie gloutonne et bestiale plus encore que féroce, le sire de Crèvecœur était une caricature flamande du fameux baron des Adrets, dont il avait trop bien imité les excès sans en avoir les facultés guerrières. Grand détrousseur, grand buveur, grand mangeur et surtout grand violeur de nonnes, il était de ceux dont le chef du parti orangiste de Lille, messire de Vasterode-Carembault, avait obstinément rejeté le compromettant concours. Des premiers il s'était jeté dans la Réforme pour y trouver prétexte à ses rapines et à ses violences; vendant son bras au plus offrant pour toute besogne, avili, conspué, il avait été déchu de noblesse par ordonnance royale. Alors, il s'était fortifié dans son château de Crèvecœur, en Hainaut, qui était promptement devenu le rendez-vous des pires aventuriers et le théâtre des plus scandaleuses orgies. Bien que ces sortes d'exploits fussent alors trop fréquents pour soulever toute l'indignation qu'on pourrait croire, le sire avait tant dépassé la mesure des licences tolérées chez les gens de guerre, qu'un beau jour ce même Spada, qu'il avait autrefois traqué en Espagne, avait reçu l'ordre d'anéantir ce repaire de bandits.

Ce sont là besognes que les rois aiment à faire exécuter pas des agents anonymes qu'ils peuvent ensuite désavouer au besoin. L'exécution n'avait pas été commode; il y avait eu bataille, assaut et tout ce qui s'ensuit; finalement Crèvecœur et une partie de sa bande avaient réussi à s'échapper, mais du château il n'était pas resté pierre sur pierre. La rancune du fameux coup d'épée de la Granja s'était doublée de la rage de cette nouvelle et irréparable défaite : Spada n'avait pas de plus sauvage ennemi que cet ex-seigneur qu'il avait réduit à mener désormais la vie nomade et abjecte des anciens cotereaux.

Crèvecœur n'avait plus depuis lors qu'une ressource, celle de faire enfin agréer ses services par les protestants mis aux abois, comme lui, par cet infernal Spada, et il comptait surtout, pour triompher de la résistance du comte de Vasterode, sur l'appui peu scrupuleux du comte du Harnel, au profit duquel il avait déjà travaillé, comme on l'a vu, et sous les ordres duquel il travaillait encore, comme on va le voir.

— Quoi donc, c'est vous ! s'écria le comte d'un ton aigre. Croixdieu, voilà une étrange manière de servir vos patrons !

— Vous me voyez tout déconfit de l'aventure, messire. Je vous croyais actuellement à Douxlieu, et nous étions en marche pour vous y joindre, suivant vos ordres.

— Et vous charmiez les loisirs du chemin en pillant les voyageurs paisibles... La fidèle garnison que j'ai là !

— Hum !... Je vous ai pris pour un détachement ennemi...

— Avec litières pour dames et fourgon de meubles ? Mauvaise défaite... Mais il suffit. Quelle est la force de la troupe que vous avez là ?

— Vingt épées, douze arquebuses et quelques goujats.

— Est-ce là tout ?

— Non certes. Le chevalier de Trangaluchard, mon second, a dû quitter ce matin même les parages de la forêt de Raismes, avec une troupe de moitié plus forte, et ralliera le château sous peu de jours.

— C'est bien. Il y aura place dans les défenses extérieures pour vous loger, vous et vos hommes. Mais rappelez-vous que nul d'entre vous ne doit pénétrer au-delà du second fossé, à moins d'un ordre formel de ma part. Cette consigne est absolue.

— On s'y conformera.

— J'y compte. Allez !

Il était nuit close quand le cortège fit son

entrée dans le bourg d'Estaires, à l'ébahissement des bonnes gens qui, la bouche béante, regardaient défiler à la lueur des torches ces hommes d'armes couverts de fer et les litières mystérieuses qu'ils escortaient.

L'aubergiste, qui avait rarement de pareilles aubaines, attendait cette majestueuse clientèle, le bonnet à la main, devant le seuil du *Grand-Saint-Eloi* qui flamboyait par toutes ses fenêtres.

— As-tu vu Berthould? Est-il sain et sauf? demanda du Harnel en sortant de sa chaise.

— Non, monseigneur, personne ici n'a vu maître Berthould.

— Holà! Que deux hommes retournent au bac et explorent la rivière!

Deux cavaliers partirent au galop, la torche au poing, et le reste de la caravane pénétra bruyamment dans l'auberge.

———

XX

LE CHATEAU DE DOUXLIEU

La région traversée par la Lys sur les confins
de la Flandre et de l'Artois, dite pays de Lalleu, était au xvie siècle l'une des contrées les
plus caractéristiques du nord de la vieille
Gaule. La Lys est restée la rivière la plus capricieuse de tous les cours d'eau flamands;
mais ses caprices étaient bien plus fréquents et
plus graves à une époque où l'administration
des Ponts et Chaussées n'était point là pour
les contrarier ou les contenir. Le pays de Lalleu était son souffre-douleur ordinaire; aussi
tout ou presque tout ce qui n'y était point bois,
y était marais. Çà et là surgissait bien entre les

fourrés ou dans les champs de roseaux quelque
cense au toit de chaume ; mais ces traces du
labeur obstiné et patient des paysans étaient
rares, car la population était aussi clairsemée
que pauvre dans ce territoire ingrat. A travers
bois et marécages quelques routes passaient,
si l'on peut donner ce nom aux percées à demi
submergées, à demi envahies par la végéta-
tion, que les gens du pays entretenaient uni-
quement par le foulage de leurs pieds et qu'eux
seuls pouvaient distinguer avec certitude du
reste de la plaine.

Au centre du pays de Lalleu, dominant les
environs, s'élevait un château de tournure nettement féodale dont on apercevait de fort loin
les toits pointus et la tour de garde, au-dessus des futaies qui lui faisaient une ceinture
épaisse. Devant le château, séparé de ses murailles revêches par de larges fossés à l'eau
verdâtre et profonde, un hameau groupait ses
maisonnettes autour d'une petite église au clo-
cher en éteignoir, qui semblait elle-même se
pelotonner contre un moutier exigu et mas-

sif. De toutes ces masures, la moins misérable était la plus proche du pont seigneurial : un cabaret d'assez bonne mine, sur le pignon duquel, en manière d'enseigne, au-dessous d'une branche de sapin, l'occupant actuel avait fait barbouiller tant bien que mal ces mots qui constituaient, à son sens, la plus délicate des flatteries à l'adresse du châtelain : *Au Doux-Lieu*. Le hameau comptait une trentaine de feux, le couvent huit nonnes, l'église un desservant. Quant au bailli, il cumulait cette fonction avec celle d'intendant du château et avait son logis particulier dans l'enceinte même des remparts, ce qui ne contribuait pas médiocrement à augmenter ses prétentions à l'importance.

Le château, qui était considérable, présentait aussi exactement que possible l'aspect des vieilles forteresses particulières du siècle précédent. L'enceinte extérieure avait été visiblement restaurée et remaniée à cette époque suivant les dernières données de la science stratégique : outre les grosses tours saillantes

qui commandaient l'accès et les machicoulis
qui défendaient le seuil même de la porte,
cette enceinte présentait un périmètre octogo-
nal dont chaque angle était fortifié par une
tour basse à plate-forme. Lorsqu'on avait dépassé le pont-levis et la voûte d'entrée, on se
trouvait non point dans la cour d'honneur,
mais dans une sorte d'îlot formé par une dé-
rivation des douves qu'il fallait franchir sur un
second pont, à plusieurs arches de pierre,
aboutissant à un porche ogival, et au-delà duquel s'élevait un groupe confus de bâtiments
dont le style grave attestait l'origine bi-
séculaire. Ces antiques constructions enfer-
maient une vaste cour dallée, dont un puits à
potence contournée ornait l'un des coins. Au
fond, flanqué d'une haute et mince tourelle,
un donjon carré, aux fenêtres en meurtrière,
au toit aigu, dont la masse s'élargissait brusquement à mi-hauteur comme pour couvrir
tout le château de ses flancs puissants, dominait fièrement l'ensemble des bâtiments d'habitation. Enfin, derrière le donjon, s'étendait

une seconde cour, ouverte vers les remparts, mais englobée également dans le cir-
cuit du fossé intérieur, que bordaient de deux
côtés les dépendances, communs, magasins,
logis des serviteurs, écuries, etc. Tel était, en
l'an de Rédemption mil cinq cent septante et
sept, le château de Douxlieu, devenu par alliance l'un des domaines de la haute et puissante maison de Beaurepaire, et aussi l'un des
asiles les plus confortables, les plus sûrs et les
plus enviés de la noblesse flamande.

. . . .

Toute une semaine s'est écoulée depuis les
incidents rapportés dans le chapitre précédent.
L'altière demeure a quitté les habitudes silen-
cieuses et moroses à laquelle l'absence du maître condamne les châteaux comme les chaumières; Douxlieu vit et s'agite du haut en bas,
tout un monde affairé grouille dans ses murs :
valets et suivantes vont et viennent dans les
cours, corridors et escaliers; des chevaux piaf-
fent et hennissent sur les esplanades; des gens
d'armes se promènent sur les murs ou jouent

aux dès sur les plates-formes; une sentinelle appuyée sur sa pertuisane, à la tête du pont-levis, cause de loin avec le tavernier adossé au chambranle de sa porte. Il n'est pas jusqu'au village qui ne se ressente de cette résurrection : les paysans travaillent avec plus d'entrain pendant que les ménagères, panier au bras, vont porter au château leurs redevances en nature ou les provisions du jour.

— Et, comme ça, on n'a mie pu le transporter jusqu'ici? dit le tavernier continuant la conversation commencée.

— Non. Nous avons trouvé maître Berthould plus mort que vif, sous son cheval crevé, et nous l'avons porté chez votre confrère du *Coq-Chantant*, près la tour du passeur de la Lys.

— Le pauvre sire ! Et depuis huit jours qu'il est là, pas moyen de se remettre en chemin ?

— Il en a pour plus d'un mois à geindre sur son grabat, ayant eu une jambe tordue et les côtes quasiment enfoncées. S'il ne reste point

affligé pour la vie, c'est qu'il est né coiffé...
Mais je gagerais bien ma solde contre un fifre-
lin que maître Berthould ne touchera plus de
sa vie rapière ou dague pour autre chose que
pour les fourbir.

— Dommage ! Je me suis laissé dire que
c'était un beau jouteur dans son temps.

— Oui, de par Dieu ! et qui, malgré son
poil gris, tournait encore proprement la bro-
che de guerre.

— Qui donc alors commande les gens d'armes, lui absent ?

— Le sire de Crèvecœur est maître de sa
troupe, celle qui occupe la première enceinte.
Nous autres qui gardons la porte et le château,
nous sommes commandés par un gentilhomme
béarnais qui se fait appeler Joseph et qui a eu
la chance de trouver sur la route l'occasion
d'entrer en faveur. Mais c'est messire du Harnel qui est le vrai gouverneur, ayant la main
et l'œil à tout.

— Mais pourquoi si grosse garnison tout à
coup dans le château ? Je n'ai jamais vu tant

de soldats depuis tantôt cinquante ans que j'ai été baptisé !

— Du diable si je le sais plus que vous, compère ! Au reste, je n'en ai cure ! Sans doute, on craint quelque alerte. Beaurepaire est riche comme prince, le gâteau vaut bien qu'on y risque une dent....

— Attention à vous, messire, voici venir les dames de Douxlieu.

Le soldat se retourna et se campa vivement dans l'attitude d'une sentinelle ayant conscience de ses devoirs.

Le tavernier se trompait quant au nombre : c'était seulement l'une des châtelaines. La belle Magdeleine profitait des chauds sourires du soleil d'automne pour faire sa promenade quotidienne dans les bosquets d'alentour. Elle était accompagnée de deux de ses suivantes et du jeune fils du bailli, qui lui servait de page.

Magdeleine de Beaurepaire avait alors près de vingt-cinq ans, ce qui était un âge mûr pour une damoiselle à une époque où les hymens étaient beaucoup plus précoces, surtout dans la noblesse, qu'ils ne le sont de nos jours. Ce n'est pas que les prétendants lui eussent fait défaut : une jolie fille en manque rarement, une fille de haut lignage et de grande richesse n'en manque jamais. Elle avait éconduit les plus huppés des gentilshommes comme les plus hardis des chercheurs de fortune, sans parti pris contre le mariage, sans qu'elle songeât à se demander à elle-même la cause de ce refus systématique. Sans doute les inspirations habilement soufflées par la douairière qui poursuivait ses projets de famille avec une opiniâtreté que rien ne rebutait, entraient pour beaucoup dans les résolutions de Magdeleine, bien que celle-ci ne s'en rendît point compte. Maintenant cette femme astucieuse touchait à son triomphe, elle tenait enfin le prix de ses longues intrigues : l'héritière de Beaurepaire, après avoir découragé tant de prétendants, était à la veille de donner sa main et ses domaines au moins digne d'entre eux, au comte du Harnel. C'était à Douxlieu, dans le fief personnel de sa belle-mère, que le mariage

allait s'accomplir; on n'attendait, pour bénir
les futurs époux, que l'arrivée d'un docteur
genevois, ministre de la religion réformée, car
la persécution furieuse du duc d'Albe avait eu
pour résultat d'épouvanter le zèle des plus ar-
dents propagateurs du nouveau culte, et ceux
qui avaient expié dans les supplices la sincérité de leurs convictions n'avaient pas été rem-
placés. Douxlieu était un sûr et tranquille
refuge; on pouvait y venir sans éveiller aucun
soupçon, y demeurer sans péril, et une cérémonie du genre de celle que l'on préparait
n'y devait pas provoquer les curiosités dangereuses auxquelles elle aurait infailliblement
donné lieu dans une grande ville. Telles étaient
les raisons, doublées de certains motifs particuliers à monsieur du Harnel, qui avaient déterminé la décision de la douairière.

Était-ce la perspective de ce prochain mariage, auquel elle allait sans joie et comme par
devoir de position, qui faisait l'objet des réflexions de la jeune châtelaine? Soupçonnait-
elle vaguement le réseau d'intrigues qui l'en-

veloppait? Sentait-elle au fond de son cœur
enivré d'orgueil quelqu'une de ces sourdes révoltes par lesquelles la nature, cette grande
égalitaire, proteste contre la violation de ses
droits? Peut-être y avait-il de tout cela dans
la rêverie pénible, dans les sentiments confus
qui assombrissaient le front d'ordinaire froid
et hautain de mademoiselle de Beaurepaire.-

Elle précédait de quelques pas ses deux femmes et son page qui tenait en laisse un grand
lévrier noir, son favori, et marchait les yeux
baissés, relevant d'une main ses longues jupes,
balançant distraitement de l'autre une houssine à pommeau d'or. Il était difficile de ne pas
être frappé d'admiration devant cette jeune
fille dans le plein épanouissement d'une beauté
lumineuse et opulente. Elle était nu-tête.
Comme autrefois, elle portait les cheveux ra-
battus, coupés horizontalement à mi-front, et
divisés par derrière en deux longues tresses
blondes qui descendaient jusqu'au pli de ses
genoux. Son teint, d'une blancheur parfaite
que colorait aux joues un léger nuage de car-

min, s'harmonisait à ravir avec le reflet cendré de sa chevelure et le bleu métallique de ses yeux clairs. C'était bien le type complet de la beauté du Nord tel que devait le comprendre et l'immortaliser un peintre illustre, un siècle plus tard. Mais de ces avantages-là l'altière fille se souciait peu : c'était de son blason et non de ses traits que Magdeleine s'énorgueillissait. Elle le croyait du moins, et l'on avait tout fait pour développer en elle ce préjugé.

Elle passa lentement devant la sentinelle éblouie, puis devant le tavernier qui la salua jusqu'à terre, et s'éloigna dans la direction des bois.

— Mort de ma vie, dit le soldat, que je sois pendu avec mes propres tripes si j'ai jamais entrevu femme si superbe depuis que je sais têter une bouteille !

— Sa sœur, qui est devenue une sainte, était bien belle aussi, encore qu'elle ne lui ressemblât mie. Ici, quand elles étaient petites, nous les appelions le *Jour* et la *Nuit*, rapport

à leurs cheveux qui étaient de couleur opposée... On dit que la damoiselle va se ma-
rier avec monseigneur du Harnel, que Dieu
garde...

— Hum ! fit rudement le piquier, je voudrais bien alors être dans la peau dudit seigneur, mais non dans celle de la damoiselle !

— Veillez sur votre langue, messire soldat !

— Lanlaire ! Ma langue n'est pas à la solde
du sire, mais seulement mon bras. Je lui dois
fidélité et non pas amitié. Je lui vends ce qu'il
m'achète ; partant, quittes !

Le cabaretier, jugeant que la conversation
prenait une tournure compromettante, tournait les talons pour rentrer dans sa maison,
lorsqu'un son de trompe prolongé retentit
dans les airs.

Les deux hommes levèrent en même temps
la tête, et aperçurent le veilleur debout sur la
plate-forme de la fine tourelle qui grimpait au
flanc du donjon et du haut de laquelle on dé-

couvrait au loin le pays ; l'homme avait encore
son instrument aux lèvres et semblait hésiter
à renouveler son signal, comme s'il eût été in-
décis sur le caractère pacifique ou hostile de
ceux dont il signalait l'approche. Son examen
fut cependant satisfaisant, car on le vit rabattre
sa trompe et se rasseoir sur son banc de pierre.
Il n'y eut pas moins une certaine alerte parmi
les gens d'épée et les habitants du château,
et, malgré la signification évidemment tranquil-
lisante du silence qui suivit l'unique appel du
veilleur, une escouade de cavaliers armés,
dirigée par l'honnête José en personne, apparut bientôt sous la voûte. La petite cavalcade
s'ébranla dès qu'elle eut passé le pont et des-
cendit au grand trot dans la direction du bourg
d'Estaires. On la vit revenir, moins d'une
demi heure après, augmentée d'un grave personnage vêtu de noir, montant fort mal un
cheval médiocre, que suivait une manière de
valet juché sur une méchante bique. Les deux
survenants n'avaient rien moins que l'aspect
belliqueux, et l'on comprenait à merveille, en

les voyant, que l'homme de garde ne les eût pas confondus avec l'ennemi redoutable dont la pensée tourmentait le sommeil de la douairière de Baurepaire et du seigneur du Harnel.

XXI

LE CABARET DU « COQ-CHANTANT »

Il était cependant survenu d'étranges choses sur les bords de la Lys depuis le passage de la noble caravane, et le pauvre vieux Berthould en avait vu et entendu de dures du lit de douleur sur lequel il gisait, les membres inertes.

Chacun sait, au pays flamand, — et nous nous faisons un devoir de l'apprendre au reste des humains, — que la rivière qui a l'honneur de porter le nom de l'emblème de la maison de France, est une eau méchante et fantasque. Tantôt paresseuse, tantôt turbulente, tour à tour débonnaire et ravageuse, toujours perfide, il n'était point d'année où, avant d'être enchaînée par la main des hommes de science, elle ne portât au loin les preuves de sa force et de ses fureurs. Les ponts semblaient lui être aussi importuns que selle à cheval sauvage; et plus d'une fois, en ses accès de révolte, elle avait renversé celui de la porte de Cassel, à Armentières, le seul qui existât sur son dos, depuis l'extrémité de sa queue, en Artois, jusqu'à sa tête qu'elle plonge dans l'Escaut, — encore n'était-ce qu'un pont de bois qu'on relevait toutes les nuits. Partout ailleurs, c'était à l'aide de bacs plus ou moins réguliers que l'on franchissait ce dangereux serpent.

Le bac qui conduisait au bourg d'Estaires était établi non loin du village de Sailly et appartenait au seigneur dudit lieu, qui affermait à l'un de ses vassaux la perception des redevances de passage, ainsi que le droit d'habitation dans la tour affectée à ce service. Aux environs de cette tour bâtie sur une éminence de la berge, s'étaient groupées quelques chaumières, dont l'une était enluminée d'une peinture grossière ayant la prétention de représen-

ter un coq en train de vocaliser, prétention si
mal justifiée que l'artiste avait jugé nécessaire
d'ajouter au-dessous, de sa propre main, l'inscription explicative : *Au Coq-Chantant.*

Ce bouchon rural, qui réconfortait, désalté-
rait et logeait tout venant indistinctement, à
cheval ou à pied, était autant ferme que cabaret, et presque autant coupe-gorge que ferme.
L'une des trois masures dont il était formé —
celle qui portait l'enseigne — ouvrait sur le
bord de la route sa salle commune, basse, en-
fumée, obscure ; une autre joignait la rivière
et la troisième donnait sur les bois, disposition
particulièrement appréciée de la partie de la
clientèle qui avait des raisons de conserver
l'incognito.

C'est sur un grabat étendu dans un taudis
contigu à la salle commune de cet établissement interlope que le majordome de la maison
de Beaurepaire geignait depuis quarante-huit
heures, lorsque son suppléant dans la confiance
de la douairière vint pour la première fois
prendre de ses nouvelles et l'assurer de la sol-

licitude bienveillante de ses maîtres. Il entendit
tout d'abord le prétendu gentilhomme béarnais
s'enquérir avec soin de son état auprès du
cabaretier, ce qui le pénétra d'une douce joie ;
il entendit ensuite des choses singulières qui
lui inspirèrent de vagues inquiétudes, puis
enfin des confidences absolument épouvan-
tables qui firent hérisser son poil gris sur son
crâne hirsute.

— Saint..., avait dit José.

— Dominique ! avait répondu une voix
sombre.

En se tordant le cou, Berthould avait cru
entrevoir un froc de moine, et tout aussitôt
avait commencé la conversation qui l'horripi-
lait : c'était un rapport complet sur la situation,
les défenses, les points vulnérables du château
de Douxlieu, l'état des forces dont il disposait,
le plan à adopter pour une attaque éventuelle,
la manière de paralyser les efforts de la garnison, et autres détails qui exhalaient un franc
parfum de trahison. Après quoi les deux causeurs avaient pris rendez-vous aux mêmes lieu

et heure pour le surlendemain, et le « gentil-homme béarnais » était entré effrontément dans le galetas du blessé. Berthould, suffoqué de rage et d'indignation, ne put articuler un mot, mais ses traits convulsés parlaient pour lui.

— Ne vous fatiguez pas à parler, maître Berthould, dit le visiteur avec un geste narquois ; dans votre état, les émotions ne valent rien...

— Misérable félon ! exclama le vieux soldat en faisant des efforts désespérés pour se soulever et atteindre son épée.

— Là, là, calmez-vous, compadre !

— J'ai tout entendu...

— Par le diable, je le crois bien ! Je tenais à ce que vous ne perdissiez point un mot.

— Que signifie donc ?...

— Patience, vous saurez tout en temps et lieu. Permettez moi d'abord de vous rappeler qu'un vrai jeu, j'entends un jeu honnête, posé et académique, se compose toujours de trois séries : primo, la partie ; secondo, la revanche ; tertio, la belle.

— Tu te moques de moi, sacripant! Je me souviendrai...

— Méfiez-vous de ces imprudentes ardeurs, je vous le répète ; il n'y a rien de si mauvais pour les blessures : ça échauffe le sang et envenime les plaies... Je continue. Nous avons, vous et moi, joué notre première partie, il y a juste trois semaines... Oui, certes, ne vous en rappelez-vous point? A Lille, à l'hôtellerie du père Coukebake... Eh, oui ! la mémoire vous revient, j'en suis bien aise... Là, vous y êtes... Oui, j'étais alors dans la chicane... Mais, vous voyez, j'ai jeté ma barrette par-dessus les moulins. Cette première partie, vous l'avez gagnée, oh, ça ! gagnée haut la main. Vous m'avez grisé comme une ribaude, roulé comme un apprenti, vidé comme une canette. J'en suis encore tout marri. Ah! par exemple, avouez de votre côté que la revanche n'a pas été non plus sans un certain mérite. Je vous l'ai fournie sur le même champ de bataille, au *Lion-de-Flandre*, il y a huit jours, et si vous êtes un homme équitable, comme je le pense, vous conviendrez sans barguignier qu'à votre tour vous avez été capot. Maintenant, maître Berthould, c'est la belle qui s'engage ; elle va se jouer à Douxlieu, et c'est le château avec ses habitants qui est l'enjeu. Or, vous comprenez bien que si je vous ai montré mes atouts, c'est que j'ai gagné sur table .. Hum ! je sais bien qu'à défaut d'autre organe bien portant il vous reste votre bouche ; j'y ai songé, maître, soyez tranquille... Vous êtes fort mal, ici, pour un homme de votre importance... Souffrez qu'en attendant le coup de la fin, je vous assure un logement moins misérable... Holà, mes gens !

Quelques soudards se montrèrent dans l'embrasure de la porte.

— Enlevez ce digne seigneur avec les égards que comporte son grade et les précautions dues à ses infirmités.

Berthould, grinçant, pleurant de rage et de douleur impuissantes, était dans l'impossibilité de prononcer un mot et d'opposer aucune résistance. Quatre hommes vigoureux soule-

vèrent le grabat et son vivant contenu, hissèrent le tout sur leurs épaules dès qu'ils furent
dehors et partirent d'un bon pas au travers
des bois. Berthould était prisonnier. De qui ?
Il s'en doutait bien, et son doute n'allait pas
tarder à se changer en une certitude désolante
pour lui.

Ses ravisseurs, qui d'ailleurs n'eurent à son
endroit aucun mauvais procédé, ne le portè-
rent point, comme il l'avait supposé, dans un
campement forestier, mais en un confortable
gîte bien connu de lui : au manoir de Sailly,
lequel était une maison-forte qui, pour ne
point approcher des proportions colossales du
château de Douxlieu, ne faisait pas moins
bonne figure dans le paysage. En longeant
l'avenue qui précédait l'habitation, Berthould
put se convaincre qu'il se trouvait au milieu
d'une armée en miniature, aussi soigneusement
organisée que les grandes armées impériales.
Malgré les poignantes angoisses qui l'obsé-
daient, son œil de vieux soldat reconnut sans
peine à des indices certains la présence d'un

véritable homme de guerre. Il traversait un petit camp, disposé avec méthode, où régnaient l'ordre et la discipline dans tout ce qu'ils ont de compatible avec les mœurs des compagnies franches. On ne remarquait aucune des dévastations qui signalaient d'ordinaire le passage des routiers, ce qui révélait de l'énergie et de l'autorité dans le commandement, et le manoir lui-même, où était établi le quartier général, ne portait aucune trace de violence. Il était évident que cette dérogation inouïe aux habitudes du temps était le résultat d'un mot d'ordre émanant du chef, qui avait de secrètes raisons de ne pas s'aliéner les maîtres absents ni les gens du pays.

Berthould fut porté directement dans une chambre convenable située à l'étage du manoir et déposé dans un bon lit ; là, on vint l'informer, au nom redoutable du capitaine Spada, qu'il devait se considérer comme momentanément prisonnier, qu'il ne lui serait fait aucun mal, à la condition expresse qu'il ne tenterait ni de s'évader, ni de communiquer avec le dehors, mais qu'il serait immédiatement pendu à la moindre infraction de ce genre. Après quoi on le confia à la garde d'un gentil page répondant au nom de Nino, et ce fut tout.

Il va sans dire que nul, à Douxlieu, ne soupçonna les mésaventures du vieux Berthould. José, métamorphosé en « maître Joseph, gentilhomme béarnais, » continua à faire admirer sa belle âme en demandant presque chaque soir la permission de pousser un temps de galop jusqu'au cabaret où, disait-il, son bon compagnon Berthould souffrait encore plus du mal d'ennui que de ses blessures, et à chacune de ses courses il rapportait invariablement l'expression de la reconnaissance du majordome pour la sollicitude dont il était l'objet et l'assurance qu'il allait de mieux en mieux.

Le jour où l'homme de garde signala l'arrivée au château d'un personnage inconnu, Joseph partit pour le *Coq-Chantant* beaucoup plus tôt que de coutume et les bandits de Crèvecœur remarquèrent qu'il jouait de l'éperon avec une vigueur inusitée. Toutefois, on attribua cette hâte à l'honnête désir de rentrer plus vite afin de faire face à la petite complication survenue dans le service intérienr, et l'on n'y attacha pas d'autre importance.

Et en effet, maître Joseph rentra promptement ce jour-là, et, avec un sourire qui acheva de lui gagner les cœurs, il annonça comme très probable pour le lendemain le retour du fidèle majordome.

XXII

L'ASSAUT

Le lendemain on n'eut point le loisir de songer au vieux majordome, tant le château tout entier était affairé. La veille, dans l'après-midi, l'homme de garde avait eu de la besogne : à vingt reprises il avait dû recourir à son instrument, dont le service avait été jusqu'à ce jour une assez douce sinécure. Les étrangers dont il avait ainsi signalé l'arrivée, n'étaient pas d'allures plus alarmantes que le personnage austère dont nous avons parlé. Celui-ci n'était autre que le révérend docteur Coppet, attendu de Genève pour bénir l'union projetée ; les nouveaux venus étaient des proches ou des

alliés des maisons de Douxlieu et du Harnel,
chez lesquels le pasteur avait pris gîte à son
passage ou qu'on avait envoyé prévenir à franc
étrier. Aucun des membres de la famille de
Beaurepaire n'avait été convié, car on les savait hostiles aux intrigues de la douairière.
Sur les trois intéressés dans la cérémonie qui
se préparait, deux avaient leurs motifs d'expé-
dier les choses avec le moins de bruit et le
plus de célérité possibles.

Quand les douze coups de midi sonnèrent au
beffroi du château, il y avait donc à Douxlieu
nombreuse et noble compagnie, et chacun
étant absorbé par ses propres pensées ou par
le soin des nouveaux hôtes ou par les apprêts
de la solennité qui devait avoir lieu le soir
même, nul ne se souvint du pauvre Berthould,
dont les vieux services et le dévouement méri-
taient cependant mieux qu'un semblable oubli.

La table avait été dressée dans la grande
salle d'honneur, qui avait conservé son antique
aspect : cheminée à haut manteau blasonné
sous lequel plusieurs personnes pouvaient gîter

à l'aise, plafond à poutrelles enluminées des
couleurs de Douxlieu, azur et or, tapisserie
de haute-lice aux murailles, fenêtres gothiques
à petits vitraux verdâtres enchâssés dans du
plomb, dressoirs monumentaux encombrés de
vaisselles d'or et d'argent. Quant aux convives, en attendant le signal du maître-queux,
ils se tenaient dans les salons et dans la galerie qui unissait les divers appartements de
cette aile du château à la maîtresse salle. Presque tous étaient de jeunes gentilshommes, la
brièveté du délai et la difficulté des communications ne justifiant que trop l'abstention des
viellards et des dames; il était néanmoins arrivé plusieurs haquenées chargées de gracieux
fardeaux, mais ces voyageuses intrépides étaient
en petit nombre, — en trop petit nombre, du
moins, pour dissiper entièrement l'atmosphère
de malaise et d'inquiétude qui semblait peser
sur l'assemblée en dépit des efforts multipliés
du fiancé et de sa majestueuse parente. Les
prévenances du sommelier auraient sans doute
mieux réussi, sans la présence du révérend qui

retint chacun dans la réserve et fit chômer les coupes plus qu'il n'était souhaitable et souhaité.

Après le repas, qui fut long et resta cérémonieux, la belle fiancée se retira dans ses appartements particuliers, et sa retraite entraîna celle des autres dames. Dès lors l'ennui s'abattit de tout son poids sur les hôtes, qui, après avoir erré çà et là, et n'osant se livrer aux plaisirs du jeu, finirent par se réunir dans la salle d'armes, où leurs ébats bruyants eurent bientôt attiré les soudards de Crèvecœur, dont la plupart portaient sur leur trogne enluminée la preuve des largesses de l'hospitalité seigneuriale.

Le crépuscule suspendit ces passes d'armes courtoises et renvoya les uns aux soucis de la toilette et les autres aux tonneaux et à la bombance ; puis la nuit couvrit de son voile épais bois et marais, au milieu desquels le castel surgissait enveloppé d'une buée lumineuse et jetant par dessus ses remparts le rayonnement de ses cent fenêtres éclairées.

Les pauvres diables qui jaunissaient de fièvre

dans leurs chaumes paludéens, les paysans des
villages d'alentour, se montraient de loin le
château flamboyant joyeusement au-dessus des
eaux comme un gigantesque feu follet, et les
gens du bourg de Douxlieu, prolongeant la
veillée, se tenaient sur le chemin devant leurs
maisonnettes, escomptant d'avance les munifi-
cences des nouveaux époux. Mais les plus obs-
tinés bavards ou curieux avaient regagné leur
paillasse et dormaient depuis longtemps à
poings fermés lorsque sonna la dixième heure
de relevée, fixée pour la cérémonie nuptiale.

La noble assistance, qui avait accompli son
repas du soir avec la même étiquette fasti-
dieuse que celui de midi, était réunie en grand
apparat dans un des salons voisins de la salle
d'honneur et attendait en silence l'arrivée des
dames de Beaurepaire. Le comte du Harnel,
vêtu d'un pourpoint et de chausses de soie
blanche brodée d'or et à crevés également
blancs, recevait avec une cordialité affectée les
félicitations de ses hôtes, tandis que le révérend, en vêtements noirs, se tenait debout,

dans une attitude grave, auprès d'une table où reposait une Bible volumineuse. Un groupe de jeunes dames dont la toilette somptueuse attestait que la coquetterie n'abdique pas plus ses droits aux champs que devant la politique, conversait discrètement, robes étalées, autour de la cheminée, où la fraîcheur des nuits d'octobre et le voisinage des marais justifiaient le pétillement des bûches.

Les châtelaines ne se firent point attendre : maître Ghesquières, l'intendant de Douxlieu, qui remplissait par intérim les fonctions intérieures de Berthould, comme José le suppléait dans ses attributions militaires, apparut dans l'embrasure de la porte, portant au cou sur son justaucorps de drap noir la chaînette d'argent, insigne de sa qualité, annonça à haute voix : « Madame et Mademoiselle de Beaurepaire ! » et, faisant un pas à gauche, s'effaça contre la muraille. La baronne s'avançait dans la galerie ; elle fit une entrée majestueuse, tenant sa fille par la main.

Toutes deux étaient en toilette de gala, la

douairière encore très belle dans sa longue robe noire, Magdeleine adorable dans ses blancs atours.

Après l'échange des saluts et des compliments, la baronne conduisit la jeune fille, toujours avec la même majesté froide, à une stalle disposée auprès de la table, pendant que le comte prenait place de l'autre côté sur un siège semblable. C'est à ce moment que le beffroi du château sonna dix heures, au milieu d'un silence profond.

Le dixième coup n'avait pas encore retenti, et le ministre, la main sur la Bible étalée, ouvrait la bouche pour commencer son allocution, lorsqu'une clameur furieuse, immédiatement suivie d'un fracas effroyable, éclata tout à coup au dehors.

Tout d'abord une stupeur générale paralysa l'assistance ; du Harnel pâlit, les dames se levèrent effrayées. Seule, la douairière conserva son sang-froid.

— Qu'est-ce ci ? fit-elle en fronçant le sourcil.

A sa voix plusieurs gentilshommes se précipitèrent vers les escaliers qui terminaient la galerie ; mais leur empressement fut superflu : l'explication venait au-devant d'eux, lucide, menaçante et terrible, Elle parvint aux hôtes épouvantés du salon dans ce cri de guerre qui domina le tumulte : « Spada ! Spada ! »

A ce nom redouté, qui ne laissait aucun doute sur la cause et la nature de l'évènement, du Harnel et tous ses hôtes, à la seule exception du docteur, s'élancèrent dehors en tirant leurs épées ; les femmes, affolées, gémissantes, se jetèrent dans les bras de la fière baronne, qui chercha à les tranquilliser avec son flegme impassible :

— Rappelez vos esprits, nobles dames ; votre honneur et votre vie ne courent pas les dangers que vous redoutez. Nous avions, Dieu merci, prévu cette algarade. Le château est en bon état de défense et possède la garnison qu'il faut. Par nos martyrs ! le roi de France entrera dans Lille avant que ce misérable aventurier n'entre à Douxlieu !

Au même moment une volée de projectiles

fit sauter en éclats le vitrail des fenêtres, et les jeunes femmes un instant réconfortées par le langage de la baronne poussèrent de nouveaux cris en se cachant le visage. La belle Magdeleine, qui semblait changée en statue depuis le commencement de cette scène, sortit alors de son immobilité silencieuse et invita ses compagnes à la suivre dans la salle d'honneur, dont les fenêtres donnaient sur la cour intérieure et où par conséquent elles seraient en sécurité et moins impressionnées par les clameurs du combat. Toutes s'élancèrent sur les pas de Magdeleine et s'en allèrent dans la grande salle, où elles furent bientôt rejointes par les suivantes et filles de service accourues tremblantes de tous les points du château.

La douairière resta seule dans le salon, qui, prenant jour du côté des remparts, lui fournissait un bon poste d'observation. « Voilà qui est singulier ! » avait-elle murmuré en entendant les vitraux sauter en pièces. « Voilà qui est plus singulier encore ! » répéta-t-elle quand elle se fut approchée de la fenêtre.

Ce qu'elle venait de voir, en effet, lui paraissait inexplicable : autant qu'elle en pouvait juger à la clarté douteuse de la lune et par les éclairs fugitifs des décharges d'arquebuses, le fort de la bataille n'était ni à l'extérieur ni à la crête des murailles, comme il était logique de le présumer d'après la largeur des douves et la hauteur des remparts, mais à l'intérieur de la première enceinte, dont la maîtresse-porte avec ses deux grosses tours semblaient déjà être au pouvoir des assiégeants. Il y avait donc eu surprise, par suite d'une impardonnable négligence ou d'une trahison. Ce sacripant de Crèvecœur avait-il oublié ses devoirs ? Etait-ce ce Béarnais inconnu qui avait livré le pont à l'ennemi ? Ah ! si Berthould avait été là ! Comme il n'arrive que trop souvent, c'était à l'heure du danger que la baronne appréciait à sa valeur la fidélité de son serviteur, et le vieux majordonne dut à cette circonstance un sincère regret dont il eût été fier s'il avait pu le connaître.

L'orgueilleuse châtelaine avait bien vu, et

l'une de ses deux suppositions avait touché
juste. Les hommes de pied de la troupe de
Spada avaient profité de la nuit précédente
pour se cantonner secrètement dans les bois des
environs, et les cavaliers, conduits par le chef
en personne, étaient arrivés cette nuit même
sous les murs de Douxlieu. José ayant exécuté
ponctuellement les arrangements convenus,
Spada avait trouvé le pont baissé, la porte
ouverte, et il avait pénétré sans obstacle. C'est
le bruit qu'avaient fait ses routiers dans leur
empressement à s'engouffrer sous la voûte
béante, qui avait donné l'alarme à quelques
soudards de Crèvecœur, moins ivres que les
autres. Dès lors, il avait fallu renoncer à dissimuler plus longtemps et recourir au combat à
découvert : de là les premiers cris qui avaient
interrompu net la cérémonie nuptiale.

Au reste, il n'entrait ni dans les espérances
ni dans les intentions du capitaine Spada de
prendre sans coup férir le château de Douxlieu. Son caractère, comme ses projets, exigeait
une attaque de vive force, une victoire chère-

ment achetée, mais par cela même absolue, ou
bien une défaite définitive dans laquelle il trou-
verait une mort retentissante. Il s'était tracé
cette alternative, et il entendait s'y enfermer
avec l'opiniâtreté d'un Flamand et l'énergie
d'un homme qui a tout à la fois sa vengeance
et sa passion à satisfaire.

Dans le plan d'attaque qu'il avait arrêté, il
ne voulait devoir à la surprise que la possession de la porte et des ouvrages qui la défendaient, à défaut de laquelle le château était
imprenable avec les moyens dont il disposait.
Pour s'en rendre maître, il lui aurait fallu entamer un siège en règle, pendant lequel son
mortel ennemi, protégé par deux fossés pro-
fonds et un épais rempart, aurait pu accomplir
en tout loisir ses détestables desseins. Il voulait donc une attaque soudaine, à point nommé,
qui, en portant l'alarme au cœur même de la
place, devait arrêter soudainement le cours
des choses. En cela il avait réussi, comme on
l'a vu ; seulement, l'éveil donné à la garnison
avait été un peu trop prompt, de sorte qu'il

n'était pas encore totalement maître des tours
au moment où accoururent les premiers routiers de Crèvecœur. Il comprit qu'il fallait
payer d'audace, et ce fut lui qui donna le
signal de la mêlée en jetant son cri de guerre :
« Spada ! »

Il se lança donc en avant, culbutant ses assaillants dans son élan terrible, pendant qu'on
se battait encore dans les tours. Mais malgré
la clarté qu'envoyaient de loin les fenêtres
éclairées des appartements, l'obscurité était
trop grande pour qu'on pût diriger l'attaque
avec précision, et c'était là une cause de supériorité pour les assiégés qui avaient l'avantage
de bien connaître les lieux. Spada fut bien
forcé de se l'avouer lorsqu'il se vit entouré
avec une poignée d'hommes par le flot sans
cesse grossissant des gens de la garnison.

— Tiens bon ici pendant cinq minutes, dit-
il à Gomez qui l'avait suivi, je vais t'envoyer
du renfort.

— Comptez sur moi, capitaine ! répondit son
Sosie en jouant de l'épée d'estoc et de taille.

Spada remit la sienne au fourreau, et, la remplaçant par une arme démodée, mais formidable dans sa main d'hercule, une masse d'armes qu'il avait coutume de porter suspendue à sa ceinture aux jours de bataille, il se fit une large trouée par laquelle il opéra sa retraite.

— Faites chanter les arquebuses ! ordonna-t-il.

La pétarade éclata; les premiers projectiles allèrent enfoncer, par delà le fossé intérieur, le vitrail des salons, mais les suivants, mieux dirigés, éclaircirent les rangs ennemis. Gomez et ses compagnons purent battre en retraite.

— A-t-on fini là-dedans ? cria Spada à ceux de ses gens qui combattaient dans les tours.

— Pas encore, capitaine, lui répondit-on. Ils ont refermé sur eux les portes de fer !

— C'est bien. Dites-leur qu'il y a quartier pour ceux qui se rendront de suite, et que les autres seront pendus dans une heure, foi de Spada !

La menace fit sans doute son effet, car presque aussitôt Sancy et une demi douzaine des

bretteurs engagés par Berthould descendirent
sans épée et furent emmenés dehors. Sûr alors
de n'être pas coupé de sa base d'opération,
Spada planta deux troupes d'arquebusiers sur
ses flancs pour protéger sa marche et il poussa
son attaque droit sur le pont fixe qui conduisait à l'entrée même du vieux château.

Mais, quelque rapides qu'eussent été ces
mesures, elles avaient pris un certain temps, et
maintenant ce n'était plus à des groupes isolés
et encore ahuris par le sommeil de l'ivresse que
le capitaine avait affaire : toute la garnison
dûment armée était sur pied dans la première
enceinte, et dans le château, du Harnel, ses
invités, ses serviteurs et le reste de ses cavaliers, réunis derrière la porte bardée de fer ou
bien embusqués aux fenêtres voisines, s'apprê-
taient à soutenir de leur mieux le choc des
assiégeants.

Crèvecœur et ses cotereaux étaient déjà aux
prises avec l'une des deux ailes de la petite armée de Spada, lorsque les premiers coups de
hache furent portés à la porte et remplirent le

château de leur retentissement sinistre. Au
bruit de ces coups réguliers répondaient les
clameurs de la mêlée que dominaient par instants le beuglement brutal du capitaine Bœuf,
ou le pétillement intermittent des arquebuses
auxquelles on ripostait au hasard des fenêtres
des bâtiments et même des hautes meurtrières
du donjon.

Quand les choses furent engagées comme il
le souhaitait, Spada saisit une hache à son
tour, et, raidissant ses muscles d'athlète, asséna
sur la porte gothique un coup qui l'aurait ouverte d'emblée sans sa puissance armature. Le
bois se fendit du haut en bas, avec un craque-
ment auquel répondirent des hourras sauvages.
Mais la porte resta debout et forte. Au lieu
de redoubler cet effort inutile, le formidable
bûcheron rendit la hache à celui qui la lui
avait prêtée, murmura de nouveau quelques
mots à l'oreille de son inséparable Gomez,
puis il disparut.

L'attaque n'en continua pas moins, grouil-
lante, hurlante, fiévreuse, s'accrochant aux

moulures, escaladant les arabesques à demi vermoulues, retombant à plat, se glissant dans la pénombre, mordant en vain la pierre et le fer. Cependant, la queue de ce long reptile d'hommes qui s'agitait sur le pont sembla faiblir, car un moment vint où Crèvecœur réussit à l'entamer. Il y eut un mouvement de recul parmi les assiégeants; quelques grappes d'hommes rageusement enlacés, la dague au poing, tombèrent dans l'eau sombre du fossé qui engloutit impartialement amis et ennemis.

Gomez, sentant le péril, s'élança vers l'entrée du pont. Il y trouva à qui parler : un homme énorme dont la large cuirasse apparaissait sous le rayonnement de la lune comme la carapace d'un saurien ventru, lui barra tout à coup le passage en lui criant d'une voix brutale et furieuse :

— Halte-là, hidalgo de pacotille, chien de papiste ! halte-là, vermine puante, lâche voleur, rat de cour, valet espagnol ! C'est l'heure de régler notre compte et je vais te payer d'un coup tout ce que je te dois ! A nous deux, Spada !

C'était le capitaine Bœuf qui, bavant de rage,
commettait la même erreur que naguère le
prévôt de Lille. Le montagnard ne rechigna
pas plus devant cette seconde méprise que devant la première. Il chargea son adversaire et
le duel s'engagea avec une furie qui fit autour
des combattants un large vide. Le Pyrénéen
avait affaire à forte partie, mais il était de
taille à lutter : si Crèvecœur avait la lourde
force d'un taureau, Gomez avait la force agile
d'une panthère, et il esquivait plus de coups
qu'il n'en parait. Il saisit avec prestesse le moment où un mouvement maladroit découvrait
son ennemi pour lui lancer une estocade à
fond ; mais son fer rencontrant violemment la
cuirasse se rompit net auprès de la garde.

— Sangdieu ! hurla Crèvecœur, enfin mon
épée va boire !

Gomez fit un bond en arrière, mais il était
déjà trop tard : la lame l'atteignit à la cuisse
et il tomba. Une acclamation féroce salua la
chûte de celui qu'on prenait pour Spada, et
Crèvecœur s'élança sur lui, la dague levée.

Mais avant que son bras fût retombé, Gomez,
qui s'était ramassé sur ses genoux et avait tiré
de sa ceinture son arme nationale, une navaja
aiguë et tranchante, le saisit aux jambes. On
vit le capitaine Bœuf lâcher ses armes, battre
l'air de ses deux bras et s'aplatir lourdement
comme l'animal dont il portait le nom : Gomez
lui avait fouillé le ventre d'un coup épouvantable. Une imprécation étouffée à laquelle le
montagnard répondit par un ricanement de
triomphe, et ce fut tout.

Avant que les soudards du défunt fussent re-
venus de la stupeur d'un pareil dénouement,
une autre cause de confusion se manifesta à
leurs yeux, tout aussi imprévue. Une grande
lueur brilla tout à coup au-dessus de leurs têtes,
découpant en noir sur le ciel devenu sanglant, le profil contourné des vieux pignons et
la carrure massive du donjon : les communs
du château flamblaient comme une brassée de
sarments. Et au même moment, derrière le
château, aux alentours du foyer de l'incendie,
on entendit retentir le cri redouté, poussé par

des voix nombreuses : « Spada ! Spada ! Place gagnée ! A sac ! à sac ! »

Le capitaine en personne avait tourné la position avec le gros de sa troupe, dès qu'il eût jugé son mouvement suffisamment masqué pas sa fausse attaque de front. Après avoir longé le chemin de ronde du côté où il était libre, il avait franchi le fossé intérieur, en un endroit où José l'attendait, et mis le feu aux bâtiments secondaires tant pour augmenter l'alarme que pour éclairer sa marche.

Dès lors, l'issue de l'expédition n'était plus douteuse. Les hommes de Crèvecœur le comprirent aussitôt ; une partie se débandèrent et tirèrent au pied du côté du pont-levis ; le reste se joignit sans hésiter aux gens de Spada pour avoir part au butin, s'efforçant avec ceux-ci d'enfoncer la porte qu'ils avaient mission de défendre.

Dans les cours intérieures, cependant, où l'on ne savait rien des évènements qui venaient de se passer dans la première enceinte, le combat continuait avec acharnement. Les cinq ou

six ferrailleurs, derniers débris de la garnison
engagée par Berthould et du Harnel, se bat-
taient pour leur argent, et se firent bravement
larder sur les degrés de l'escalier d'honneur,
tandis que les domestiques tiraillaient à coups
d'arquebuse par les fenêtres des appartements.

Quatre ou cinq convives payèrent aussi leur
dette à l'hospitalité, et restèrent sur le carreau
à côté d'un plus grand nombre d'assiégeants
atteints par leurs épées ou par les projectiles.

C'était une scène effrayante que présentait
cette cour seigneuriale dont les sculptures gothiques grimaçaient aux lueurs rougeâtres de
l'incendie, et au milieu de laquelle une foule
hurlante s'agitait sous le flamboiement des
épées et les décharges d'armes à feu. Par moments, quand une sorte d'accalmie se faisait,
on entendait les cris perçants des femmes épou-
vantées réunies dans la grande salle autour de
la douairière et de sa fille.

— Trève ! cria tout à coup la forte voix du
capitaine, lorsque tomba le dernier défenseur
de l'escalier.

Puis, quand le tumulte se fut vaguement apaisé :

— Sortez, monsieur le comte! ajouta-t-il en levant la tête vers les fenêtres. Nous avons à vider ici une vieille querelle. Vous pouvez sortir, je vous engage ma parole que vous ne serez point molesté. Dépêchons, je vous prie, je vous attends!

Il se fit un mouvement à l'intérieur, mais personne ne se montra.

— Faudra-t-il que je vous envoie chercher et n'avez-vous de courage que dans les guet-à-pens? Hola! qu'on m'aille quérir monsieur le comte du Harnel, puisqu'il aime l'étiquette!

Le comte parut alors dans l'encadrement ogival de la porte de l'escalier, où son superbe vêtement blanc se découpait sur le fond obscur.

— Inutile, maître bandit, répondit-il d'une voix que la fureur rendait sifflante. Mais si je vous tue, ce que j'espère bien, quelle sera ma garantie?

— Ma parole, que mes gens sont accoutumés à respecter. Dans ce cas improbable, vous

17

serez libre, vous et les vôtres, mais le castel et
son contenu resteront à ceux qui les ont ga-
gnés...

— S'ils les gagnent, ce qui n'est pas encore
fait, ajouta le comte avec un mauvais sourire.

— Assez de paroles ! Descendez, et en garde !

Le sire du Harnel, l'épée d'une main et la
dague de l'autre, s'avança avec une lenteur
calculée, mais avant qu'il ne fût arrivé à portée
de son adversaire dont les fauves reflets de l'incendie éclairaient en plein la taille gigantesque,
un coup d'arquebuse partit de l'encoignure de
la porte que du Harnel venait de quitter et une
balle traîtresse, ricochant sur la cuirasse de
Spada, alla frapper l'un des hommes qui l'entouraient. Une exclamation de colère gronda
dans les rangs.

Vingt épées se levèrent sur la tête du traître,
pendant qu'on arrachait violemment du porche
un homme tremblant qui tenait encore à la
main l'arme accusatrice. C'était un simple ve-
neur du château.

— A mort, les félons ! Au feu, les traîtres !

vociférait la foule qui se grossissait sans cesse,
ceux que rebutait le siège de la porte toujours
close, venant rejoindre par le chemin de ronde
leurs camarades plus avisés.

Spada étendit sur eux sa longue rapière d'un
geste auquel nul n'avait coutume de désobéir :

— C'est à moi de parler, dit-il, et non à
d'autres. Celui-ci n'est qu'un valet coupable
seulement d'avoir obéi. Voilà le seul responsable, et celui-là m'appartient. Çà, monsieur,
finissons-en !

Ce disant, il déboucla sa cuirasse ; les routiers s'écartèrent et les deux adversaires tombèrent en garde. Le comte semblait en proie à
un délire d'exaspération qui suppléait à la
force et au courage et le rendait dangereux.
L'avortement de sa dernière vengeance et le
dédain de son ennemi avaient encore exalté sa
rage ; il restait muet, les lèvres serrées, l'œil
sombre et sournois, les mouvements circons-
pects. Spada avait trop d'expérience pour ne
pas savoir qu'un homme ainsi acculé est toujours à craindre et qu'il ne faut jamais comp-

ter sur une supériorité infaillible. Lui aussi apportait dans son jeu une prudence qui ne lui était pas ordinaire. Ecrasé sur ses jarrets, il courbait sa grande taille, pour présenter moins de surface, il tâtait son ennemi par des attaques simulées. Bien lui en prit d'agir ainsi, car, sur une feinte de coupé, du Harnel, sans s'arrêter à parer, se fendit à fond par un coup droit, ce qui révéla clairement sa résolution désespérée de courir les chances du coup fourré. Spada savait dès lors à quoi s'en tenir, et manœuvra en conséquence. Il se tint sur la défensive, laissant en apparence son épée obéir docilement aux impulsions du fer ennemi, laissant même celui-ci gagner à la main et effleurer une ou deux fois sa poitrine. Du Harnel s'animait à ce jeu dangereux, ses yeux maintenant flamboyaient, ses narines se dilataient, il croyait étonner et dominer son adversaire, et précipitait ses attaques enragées, bondissant à droite et à gauche, se haussant et s'aplatissant à la manière italienne. Enfin, Spada s'étant découvert en quarte basse par une parade exagérée,

le comte vit le jour et y donna, tête baissée,
par une botte furieuse ; c'était ce qu'attendait
l'élève de Matapan : il lia l'épée par une irrésistible flanconnade et enferra son adversaire en
plein corps. Du Harnel lâcha dague et rapière,
et tomba sur le côté sans pousser un cri.

— Je vous avais prévenu, monsieur, se
borna à dire Spada.

Un hourra formidable s'éleva dans la cour,
auquel en répondit un autre : la porte venait
enfin de céder et les gens du pont se précipi-
taient à flots dans le château.

— A sac ! à mort, les parpaillots ! hurlaient-
ils, exaspérés par leurs longs efforts.

— A sac ! au butin ! ripostèrent ceux de la
cour, dont quelques-uns, s'adressant indirecte-
tement au capitaine, ajoutèrent : « Les conditions sont : douze heures de pillage et curée ! »

— Réserve faite de la part du capitaine, répondit froidement celui-ci.

Mais déjà on ne l'entendait plus : comme
deux vagues qui se heurtent et se combinent

pour escalader une falaise, les deux courants
humains formaient, en se rencontrant, une
sorte de remous qui se gonflait en un grand flot
dont la crête débordait le haut de l'escalier.
Cette masse grondante, hurlante, avide, assoif-
fée, affamée de cupidité, de violence et de lubricité, toute bouillante de l'ardeur de la lutte,
exaltée par les efforts et par les risques cou-
rus, possédée par cette rage de destruction qui
est la résultante de l'irresponsabilité, se répan-
dit partout avec une confusion et un fracas
inexprimables que dominaient les cris aigus
des femmes poursuivies de tous côtés.

XXIII

A SAC

Le nom de Douxlieu devint dès lors une cruelle ironie : le noble castel, dans cette nuit néfaste, offrit une image aussi parfaite que possible de l'infernal séjour tel que le dépeignent les prédicateurs à imagination. Les dernières lueurs qui s'échappaient des bâtiments de service et des magasins achevant de se consumer, éclairaient un spectacle où Callot, l'immortel peintre des horreurs de la guerre, aurait pu alimenter l'inspiration de son crayon réaliste.

Dans les cours, on avait roulé des tonneaux de vin arrachés des celliers dont les portes

rompues avaient fait les frais des feux de bi-
vouac, et là, au milieu des blessés qui ban-
daient piteusement leurs plaies, des moribonds
qui râlaient, des cadavres raidis, une soldatesque déjà gorgée buvait l'ivresse dans des coupes d'or et d'argent aux armes de Douxlieu,
en accablant de moqueries grossières et d'obs-
cènes caresses trois ou quatre servantes dont
elle se plaisait à mettre les vêtements en lambeaux.

Mais, n'étaient les larmes des pauvres filles
qui protestaient contre les violences qu'elles
enduraient et surtout contre celles plus graves qu'elles prévoyaient, cette scène ne dif-
férait guère de ce qui accompagnait trop souvent, à cette époque, le passage des routiers à
travers les villages sans défense. Quelqu'abominable qu'elle fût, elle n'approchait pas du
spectacle que présentait l'intérieur du château,
lorsque Spada, craignant que la frénésie des
vainqueurs n'allât jusqu'à méconnaître ses
ordres et compromettre ses propres droits, se
précipita dans l'escalier et apporta, pour péné-

trer dans les appartements, le secours de son bras d'hercule à son autorité de chef.

La rampe de fer ouvré, chef-d'œuvre patient de quelque maître forgeron de Lille ou de Dunkerque, était tordue et rompue en divers endroits; les vitraux peints, que cent années avaient respectés, étaient enfoncés et laissaient entrer à travers leurs châssis de plomb béants la fumée empestée des incendies; les portes brisées pendaient de travers soutenues çà et là par un gond faussé; les tapis d'Orient et les tentures de Flandre, à demi arrachés, embarrassaient la marche de leurs replis désordonnés. Une cohue confuse, tumultueuse, ici goguenarde, là furibonde, se bousculait, s'élançait, achevant la dévastation, explorant les bahuts, éventrant les coffres, ou donnant la chasse à quelque fille au bruit des rires cruels ou des jurements.

Tout cela était effroyable, mais il y avait pis encore.

C'était dans la grande salle d'honneur, où les dames s'étaient réfugiées, que se dérou-

lait le drame le plus poignant et le plus
odieux.

La première bande de soudards que le flot
de l'invasion poussa de ce côté éclata en hourras frénétiques quand, après avoir enfoncé les
portes de l'antique salle, elle aperçut un groupe
d'une vingtaine de femmes dont la moitié,
en toilette de gala, appartenaient à l'évidence
à la plus haute classe. Ils bondirent sur elles
comme des éperviers sur une proie friande,
les saisissant par leurs bras suppliants, les
traînant par leurs vêtements dont les riches
étoffes se déchiraient sous les mains brutales,
ou même par leurs cheveux qui s'étaient dé-
noués dans le désordre, ne répondant à leurs
gémissements que par des rires de démons.
Mais ces premiers occupants ne profitèrent
pas comme ils l'avaient pensé de ce butin
vivant, le plus envié de tous : leurs compagnons, que le portail forcé vomissait sans re-
lâche, le leur disputèrent aussitôt; de ces rivalités naquirent immédiatement des querelles
qui se vidèrent séance tenante. Et pendant que

les flamberges brillaient et que le sang coulait, d'autres se hâtaient de s'emparer des infortunées qui s'efforçaient de fuir. On les poursuivait, on les traquait au milieu des vociférations et des lazzis grossiers, on les saisissait comme on pouvait.

Les unes, embarrassées dans leurs robes lacérées, tombaient et étaient foulées par les bottes de ceux mêmes qui les convoitaient ; on les relevait évanouies pour les emporter Dieu sait où. Alors la lutte recommençait entre les heureux ravisseurs et de nouveaux venus.

D'autres, empoignées en même temps par plusieurs mains, étaient tiraillées en sens contraire jusqu'à ce que les attaches de leurs robes ayant cédé, et leurs vêtements ayant disparu les uns après les autres, elles se trouvassent livrées sans voiles, muettes de stupeur, aux regards et aux embrassements insultants.

D'autres enfin, — et de ce nombre étaient madame et mademoiselle de Baurepaire, — se défendaient avec une obstination désespérée.

On sait que la douairière n'avait rien de la ca-
ducité que ce titre semble impliquer d'ordinaire : elle était encore belle, de cette beauté
mûre de la quarantaine qui, chez certaines femmes, est plus complète que celle de la jeunesse ;
sa morgue seule la rendait antipathique, et ceux
qui l'environnaient à cette heure terrible ne
s'effrayaient guère de ses airs altiers.

Quant à Magdeleine, jamais elle n'avait été
plus superbe, jamais son beau visage n'avait
eu plus d'éclat que sous la rougeur de honte
et de colère qui empourprait ses traits, — qui
empourprait aussi sa gorge et tout son grâ-
cieux torse de vierge, faudrait-il dire, car sa
blanche robe nuptiale ne trouva pas grâce plus
que celles de ses hôtesses devant les assauts de
d : ses persécuteurs ivres de carnage. Ce fut en
vain que l'énergie de son caractère décupla ses
forces physiques : entourée par une demi-
douzaine de routiers, elle paya ses paroles mé-
prisantes et sa robuste résistance par un sur-
croît d'humiliation. Deux d'entre eux lui
emprisonnèrent les bras par derrière, et d'un

commun accord les autres la hissèrent sur une table, où la retenant de force, ils lui imposèrent la torture suprême des étrivières avec exhibition publique. Ses ajustements lui furent enlevés, puis, son dernier voile arraché, la noble et superbe héritière de Beaurepaire apparut nue comme une ribaude aux yeux écarquillés de la cohue soldatesque. Elle fit, pour se couvrir de ses mains, de vains efforts qui ne réussissent qu'à réjouir davantage ses trop nombreux admirateurs : une secousse brutale la força de se redresser et d'étaler aussi complètement que possible les merveilles de son corps charmant, où ses bourreaux imprimaient leurs doigts velus pour l'empêcher de s'accroupir. L'un d'eux s'élança alors sur ce pilori improvisé où la belle fille agonisait, suffoquée, éperdue, pâmée, et, la saisissant aux cheveux, la courba les épaules en avant. Brandissant alors une cordelière arrachée à quelque tenture, l'homme lui en cingla le dos. Magdeleine poussa un cri d'angoisse, se tordit entre les mains qui la serraient, et tournant vers la porte ses yeux pleins de pleurs, sembla

appeler désespérément la venue de quelque li-
bérateur inconnu. La corde, retombant sur sa
peau fine et blanche, lui arracha de nouveaux
cris ; elle se raidit en arrière, sous la torture
aiguë.

En ce moment même, sous ses yeux mou-
rants, la foule fut violemment divisée par un
sillon qui la coupa en deux, comme un champ
de blé traversé par un sanglier. Un homme,
cuirasse au dos et pot en tête, dont les épaules
herculéennes dépassaient le niveau des têtes,
bondit jusqu'à la table qui servait de piédestal
infâme à cette vivante statue de la douleur, et
abattit le bourreau d'un formidable coup de
masse d'armes. C'était Spada, — Spada pourpre d'une colère terrible, l'œil fulgurant. Une
clameur menaçante accueillit le malencontreux
interrupteur de ces sauvages et ignobles jeux :

— Vengeance ! à mort le traître !

Spada se retourna furieusement, et brandit
sa massue sanglante :

— Venez-y donc ! cria-t-il.

Et deux hommes qui s'étaient avancés, l'épée levée, tombèrent à l'instant assommés à ses pieds.

— Quels sont ces chiens? ajouta-t-il d'une voix forte : qui connaît ces visages-là? Il y a ici trahison, en effet. A moi, compagnons! Spada! Spada!

En un instant il s'opéra une désagrégation dans la foule : les soldats de Spada vinrent se masser autour de leur chef, tandis qu'un autre groupe moins nombreux se trouvait ainsi refoulé vers l'extrémité opposée de la salle, et parmi ceux-ci figuraient les agresseurs de Magdeleine. Mais le pillage et la lubricité avaient allumé chez ces gens des convoitises furieuses qui ne leur permirent pas de considérer leur infériorité; tous dégaînèrent et s'élancèrent en avant, en hurlant leur cri de guerre qui les fit reconnaître : « Le Bœuf! à la rescousse! »

C'étaient, en effet, ceux des routiers de Crèvecœur que la perspective du butin avait retenus et mêlés parmi les assiégeants.

Le combat fut sanglant, mais il dura peu.

Pendant que le bras de Spada accomplissait à
merveille son office redoutable, ceux de ses
hommes qui buvaient dans la cour accoururent au cri de ralliement de leur capitaine et
prirent l'ennemi à revers. Ce fut un acte supplémentaire à ce long drame, et rien de plus.

Pendant qu'on garrottait trois prisonniers,
seuls restés saufs, Spada les interrogea et apprit seulement alors le secret de leur présence.

— Quiconque touche à la part d'un camarade perd la sienne ; quiconque touche à celle
du capitaine est pendu : tel est le réglement.
Ici, la part du capitaine était le château et la
châtelaine ; tout le reste, biens meubles, prisonniers et prisonnières, corps et rançons, appartenait à la troupe. Vous avez touché à la
part du capitaine, vous serez pendus !

— Qui pèche par ignorance ne pèche point,
répondit l'un des captifs d'un air sombre, et
nous ne savions pas cela. Et ceux qui ont dé-
pouillé et frappé la dame, il est trop tard pour
les pendre !

Et il indiquait du pied l'amoncellement des morts.

— C'est bien, on verra cela. Qu'on les enferme ! Vous autres, ajouta-t-il en s'adressant à ses hommes, allez à vos affaires ; je vais aux miennes. Le jour ne tardera point à paraître, il vous reste trois ou quatre heures franches, après quoi on reprend le service. Tâchez de ne pas l'oublier.

L'aspect de la grande salle était devenu sinistre. La plupart des torches allumées par les routiers pour éclairer leur orgie s'étaient consumées ou avaient été renversées dans la bagarre ; l'humidité froide des marais entrait par bouffées à travers les fenêtres rompues ; le sol, enduit d'une boue sanglante, était jonché de cadavres, d'armes, de meubles culbutés, de débris de toute sorte. Dans un coin, une douzaine de femmes presque nues, hébétées par les outrages et les coups, pleurantes et grelottantes, se pressaient les unes contre les autres. Magdeleine, toujours garrottée, s'était laissée choir accroupie, sa tête échevelée pendant sur ses

genoux, dans l'attitude où l'on a coutume de
représenter sa patronne, la pécheresse repen-
tante. Si l'intervention foudroyante de son frère
de lait l'avait préservée à point nommé des
violences dernières qu'avaient subies toutes ses
compagnes, son orgueil n'en avait pas moins
été à jamais brisé par les humiliations qu'on
lui avait infligées, et que sa pudeur endurait
encore. Elle semblait écrasée par le poids de
l'affront.

Quant aux routiers, à peine avaient-ils pris
le temps de rengaîner leurs lames ; dès que le
combat eut cessé, ils s'étaient précipités de
nouveau à la curée, sans que leur chef, soumis
lui-même à la loi impitoyable des compagnies
franches, pût rien faire pour arrêter leurs excès.
Les infortunées prisonnières furent de nouveau
assaillies, malgré leurs lamentations et leurs
prières. Seules, deux ou trois des plus riches
réussirent, par l'énormité de la rançon qu'elles
promirent, à acheter le triste droit de pleurer
désormais en repos leur honneur vingt fois
perdu.

Spada s'approcha de la désolée Magdeleine, et, mettant la main sur son épaule frissonnante :

— Pour tout le monde, dit-il d'une voix grave, Mademoiselle de Beaurepaire est irrémédiablement déshonorée ; personne ne croira qu'elle soit demeurée impunément, nue, pendant une nuit entière, aux mains des soudards. La femme de Spada, seigneur de Douxlieu par droit de conquête, peut seule sortir d'ici blanche comme neige, car chacun sait que Spada n'est pas homme à endurer une insulte. Magdeleine, que choisissez-vous ?

La belle fille murmura en soupirant, sans changer d'attitude, sans lever le front :

— Oh ! tout, tout ce que vous voudrez ! Je suis prête à tout, pourvu que vous me déliz-vriez de ces démons !

L'impitoyable aventurier fut ému de ce désespoir ; il adoucit sa voix pour répondre :

— C'est bien, Magdeleine. Votre souhait sera accompli. Maintenant, laissez-moi faire, et confiez sans crainte votre honneur à votre fiancé.

En disant ces mots, il la saisit dans ses bras et l'emporta comme un enfant.

XXIV

LE DROIT DE L'ÉPÉE.

Le soleil, en se levant, — un radieux soleil d'automne, — révéla dans toute son étendue la honte et le désastre du noble château de Douxlieu. A l'extérieur rien ne paraissait changé : les remparts n'avaient subi aucune atteinte, et le pont était levé comme à l'ordinaire. Mais à l'intérieur, il semblait que quelque grand cataclysme, moitié incendie, moitié tempête, se fût abattu sur sa masse imposante, brûlant et brisant tout ce qui pouvait être brûlé et brisé, ne laissant debout que le squelette noirci de ce robuste centenaire.

Dans la cour d'honneur, le butin, assemblé

suivant la rigoureuse discipline des routiers en pareille circonstance, formait une série d'amoncellements plus hauts que la taille d'un homme : assemblage hétéroclite et navrant où les objets les plus disparates se trouvaient réunis, depuis les marmites de cuivre des cuisines jusqu'aux hanaps d'or ciselés par les plus fameux orfèvres de Lille, de Gand ou d'Ypres; depuis les vieilles bottes de cheval du feu baron et les toilettes de gala de la douairière jusqu'aux tonnelets de vin de Chypre, jusqu'aux livres d'heures aux fines enluminures, chefs-d'œuvre de patience de moines trépassés depuis deux cents ans.

Les routiers, ivres pour la plupart, dormaient un peu partout, cuvant leur buverie ou réparant leurs forces. On n'entendait plus aucun bruit, hormis le pas de la sentinelle qui, la trogne enluminée, l'épée sous le bras et les mains dans la souquenille, battait la semelle pour atténuer les effets de la brume des marais. Assis sur un paquet auprès d'un feu qui achevait de se consumer, José, l'honnête inté-

...laire de maître Berthould, José qui avait ré-
...té victorieusement, mais non sans peine, à
la plus terrible tentation de sa vie, José, qui
n'avait bu qu'à sa soif, sans plus, sommeillait
cassé en deux, le nez sur les genoux, en compagnie de quelques-uns de ses camarades que
les exigences du service avaient aussi retenus
dans les bornes d'une sobriété approximative.
Les cadavres avaient été poussés à la hâte dans
un coin : on entrevoyait leur entassement lu-
gubre derrière la margelle sculptée du puits.
Quant aux blessés, ils s'étaient ou on les avait
traînés dans les cuisines, qui donnaient de
plain pied sur la cour.

Dans les appartements le spectacle ne diffé-
rait guère : les escaliers, les vestibules, les salons, étaient encombrés de soudards endormis
par l'ivresse ou la fatigue, les uns vautrés sur
le sol, les autres roulés dans des lambeaux de
tenture, pêle-mêle avec les malandrins de Crèvecœur raidis dans le sommeil définitif. Dans
quelques coins, pelotonnées en boule, enve-
loppées d'un flot de cheveux en désordre, ser-

rant autour de soi une brassée de loques, des
créatures méconnaissables se tenaient immo-
biles, abruties par une lassitude sans nom :
c'étaient les plus tristes victimes de cette nuit
sanglante. Celle-ci, hier encore, était la dame
de Bavinchove, aussi fière de son visage que
de son blason ; celle-là était la rieuse damoiselle du Harnel, la cousine-germaine de celui
qui croyait tenir dans sa main l'héritage de
Beaurepaire ; cette autre était la baronne du
Plouich, presque aussi belle que Magdeleine
elle-même : ces autres-là, étaient les suivantes
de ces nobles dames, jeunes comme elles, jolies comme elles .. Aujourd'hui, les foudres de
la guerre, aussi promptes et plus cruelles que
les foudres du ciel, les ont réunies tout à coup
dans l'égalité de l'avilissement...

La partie du château qui avait le moins souf-
fert de l'assaut et du pillage, était celle qui
confinait au donjon. C'était pur hasard : le
principal effort des assaillants avait été attiré
de l'autre côté, c'est-à-dire vers l'escalier
d'honneur, par les péripéties de l'action. C'est

dans cette partie que se trouvaient les appartements particuliers des deux châtelaines, appartements que l'intervention de Spada avait préservés sinon de tout pillage, du moins d'une destruction complète. C'est là que l'aube trouva le capitaine, debout, les bras croisés sur sa cuirasse, considérant d'un air soucieux mais résolu la scène qu'il avait sous les yeux : devant un lit dont les courtines avaient été arrachées et sur lequel était étendu le corps inanimé de madame de Beaurepaire, deux personnes priaient ; l'une, agenouillée, était Magdeleine vêtue d'une longue robe noire ; l'autre était le révérend Coppet dont les tribulations, attestées par les linges sanglants qui lui enveloppaient la tête, n'avaient altéré ni le calme ni la gravité.

Un drame ignoré, mais dont il ne fut que trop aisé de reconstituer les circonstances, s'était passé dans cette chambre pendant que se déroulaient dans la grande salle les évènements que nous avons retracés. Madame de Beaurepaire, que sa présence d'esprit n'abandonnait jamais, tout en se défendant avec énergie, avait cherché à transiger avec ses agresseurs en faisant miroiter à leurs yeux l'attrait d'une rançon princière et secrète, et les routiers ayant fait mine de consentir à cet arrangement, elle avait profité du tumulte pour s'échapper avec leur aide par une porte latérale. Elle avait guidé ces hommes jusque dans son appartement, où, faisant jouer un ressort caché, elle avait puisé l'or à peines mains dans un coffre de fer enchâssé dans la muraille. Mais les bandits avaient trouvé plus avantageux de s'adjuger la totalité qu'une simple fraction de ce trésor, fut-ce au prix d'un crime supplémentaire : l'un d'eux avait abattu sa dague entre les épaules de la douairière, qui était tombée morte sous le coup. Les assassins s'étaient alors emparés de tout ce qu'ils avaient pu porter et s'étaient évadés à la faveur du désordre.

En transportant Magdeleine, Spada avait heurté dans l'obscurité le cadavre de la baronne, et des torches ayant été apportées par son ordre, il avait vu le coffre ouvert, l'or répandu, et il avait tout compris.

— Voici encore qui sent la trahison ! avait-il dit.

Et, retirant avec précaution l'arme de la plaie, il l'avait examinée attentivement :

— Deux cornes gravées au pommeau : ce fer n'est point des nôtres ; c'est la marque du Bœuf...

Spada avait ordonné qu'on poursuivît les traîtres, mais il était trop tard : le pont n'ayant point encore été relevé, ni les sentinelles posées, ils avaient réussi à s'échapper.

Telle était l'explication de la scène qui formait actuellement l'un des épisodes secondaires dans le vaste ensemble de ce tableau de désolation.

Lorsque l'horloge du beffroi, dont la marche impassible et régulière formait un contraste étrange au milieu d'un pareil cataclysme, sonna la huitième heure, Spada s'arracha à ses méditations et s'éloigna lentement.

— Sonnez le ralliement, ordonna-t-il à

l'un des dormeurs qu'il réveilla d'un coup de botte.

L'homme se remit péniblement debout et tira de la trompe pendue à son côté une modulation particulière qu'il répéta trois fois. Un bruit confus de bâillements, d'exclamations, de jurements, de ferraille et de pas lourdement traînants, se fit entendre, et l'on vit sortir par toutes les issues les routiers plus ou moins abrutis ou éclopés qui venaient se joindre à ceux qui avaient bivouaqué à la belle étoile.

— Fais la revue, Gomez! dit Spada à son lieutenant qui arrivait béquillant et soutenu par un soldat.

Sur les trois cents et quelques hommes que comptait pour le moment la troupe de Spada, seuls deux cent soixante-dix répondirent ou firent répondre à l'appel de leur nom; et sur ce nombre on nota une cinquantaine de blessés plus ou moins sérieusement. Si la proie était riche, l'affaire avait été chaude.

On divisa alors le total des vivants par le nombre de lots amoncelés dans la cour et l'on

tira au sort chacun de ceux-ci; puis chaque
escouade prit possession de sa part qu'un dé-
légué choisi par elle fut chargé de répartir aussi
également que possible entre les hommes qui
la composaient. Ainsi le voulait la coutume
constante de la compagnie; et cette répartition
s'accomplissait avec autant de régularité que le
paiement de la solde dans les troupes impériales.

Tout était fini au moment où, la dixième
heure sonnant, la discipline recouvra tous ses
droits.

Spada prit alors ses dispositions pour occuper militairement le château, caserna le gros
de sa compagnie dans les tours et casemates
de la première enceinte, organisa le service de
garde pour être prêt à tout évènement, réta-
blit un ordre relatif dans les appartements dé-
vastés en rachetant de ses deniers la plus
grande partie du butin, et, ces soins accomplis,
dit à José :

— Va maintenant au moûtier quérir qui tu
sais.

Le personnage que José ramena était un moine de l'ordre de Saint-Dominique que les routiers accueillirent avec toute sorte de marques de respect, s'inclinant, se précipitant à genoux, ou même baisant le bas de sa robe, — humilité qui contrastait singulièrement avec les récentes brutalités de ces mêmes hommes, mais dont les annales de ce temps fournissent maint exemple.

Le religieux alla droit à la chapelle du château qu'on apercevait au fond de la cour, au pied du donjon. C'était une petite annexe ogivale que son délabrement, témoignant de l'abandon où on l'avait laissée depuis la conversion de la famille seigneuriale au culte nouveau, avait protégée contre toute entreprise des vainqueurs.

Une heure plus tard, messire Pierre-Barthélemy-Dieudonné Lardinois, capitaine des armées de S. M. catholique Philippe, deuxième du nom, roi de toutes les Espagnes et, de plus, comte de Flandre, était dûment uni par légitime mariage, selon les rites du culte

romain, à haute et puissante dame Magdeleine-
Marie-Éléonore de Beaurepaire. Après quoi,
le moine inconnu, ayant serré silencieusement
dans ses bras le nouveau seigneur de Douxlieu, rabattit son capuchon sur son crâne rasé,
franchit de rechef le pont-levis en distribuant
des bénédictions aux soldats agenouillés, et
s'éloigna d'un pas grave.

XXV

LE SEIGNEUR DE DOUXLIEU

, La nouvelle de la prise et du sac du château de Douxlieu produisit à Lille, quand elle y parvint, plus d'émotion que ces sortes d'événements, malheureusement fréquents, n'en excitaient d'ordinaire. La famille en cause, cette fois, était l'une des plus puissantes de la ville où le feu baron de Beaurepaire avait long-temps fait partie du corps échevinal, et bien que sa veuve et sa fille ne participassent à aucun degré des sympathies dont jouissait autrefois celui-ci, elles étaient connues de tout le monde, et la catastrophe qui venait de les frapper intéressait une partie de la bourgeoisie en

leur faveur. En revanche, les intrigues de la
douairière avaient transpiré : on n'ignorait
pas que cette femme altière et rusée était
l'âme et le cerveau de la faction orangiste du
pays, et que son château pouvait devenir un
jour ou l'autre la citadelle du parti et la base
d'opérations dangereuses pour la sécurité de
la ville ; et ces considérations inspiraient à
une autre partie de la population un sentiment
tout opposé à la pitié devant l'évènement en
question. Les esprits politiques, et l'on pouvait ranger dans cette catégorie la presque totalité des membres du Magistrat lui-même,
aimaient mieux voir une forteresse si voisine
de leur cité aux mains de Spada qu'au pouvoir des « Hurlus », comme le populaire appelait les huguenots, qui, plus d'une fois déjà,
avaient donné des preuves de leur entrepre-
nante audace. Leur seule crainte, maintenant,
était que le parti espagnol, exalté et fortifié
par ce succès, ne tentât à son tour de dominer la ville, et le Magistrat eût été au
comble de ses vœux si quelque aventurier à sa

dévotion avait été de taille à anéantir Spada, comme Spada avait anéanti la bande de Crève-cœur et ses patrons.

Toutefois, les irritations d'une part et les appréhensions de l'autre se calmèrent peu à peu, quand on eut appris que l'héritière de Beaurepaire, loin de faire réclamer par ses proches la nullité de son mariage forcé, acceptait volontiers son sort, et qu'on vit le temps s'écouler sans qu'aucune entreprise ni aucune effervescence suspectes révélassent de la part de Spada des velléités menaçantes.

Plusieurs mois, en effet, avaient passé sur la prise de Douxlieu ; le château, disait-on, avait été restauré, une discipline de fer en contenait la nombreuse garnison dans des habitudes dont les paysans n'avaient qu'à se louer, et ceux des anciens serviteurs qui avaient survécu étaient rentrés en possession de leur emploi, à commencer par le vieux Berthould. On s'étonna bien un peu de ce phénomène, mais le temps et la versatilité humaine aidant, on finit par s'y accoutumer et l'on n'en parla plus.

Tel est, ici-bas, le sort des plus belles et des plus laides choses.

La plupart des gentilshommes protestants, à la suite du coup qui avait ruiné leurs espérances et désorganisé leur parti, avaient l'un après l'autre quitté le pays pour s'en aller du côté des Provinces-Unies, où ils trouvaient, outre un asile sûr, une besogne honorable pour leur épée et une séduisante promesse d'avenir. Il ne resta à Lille que les inutiles ou les tièdes en qui le souci des intérêts territoriaux domina l'ardeur des convictions. Ceux-là continuèrent à entretenir leur haine contre le redoutable persécuteur de leur cause; mais ce fut une haine platonique, rien de plus.

En dehors de ce petit groupe, il n'y eut guère que trois personnes chez lesquelles persista, malgré les incidents de la vie quotidienne, le souvenir de l'homme en qui se résumait la triple personnalité de Spada, de La Rapière et de Pierre Lardinois : c'était d'abord maître Matapan, lequel, plus fier que jamais de son élève, ne dissimulait pas son admiration pour le hardi champion qui, après avoir emporté, l'épée au poing et la dague aux dents, tant de bastilles hérétiques, sous la gueule des bombardes et couleuvrines des remparts de Lille, tenait crânement et en vrai capitaine son bon château envers et contre tous, à la barbe de ses ennemis. C'étaient ensuite les deux vieux bourgeois de la rue Saint-Jacques, qu'alarmait grandement la prolongation mystérieuse de l'absence de leur fils, malgré la précaution que celui-ci avait eue de leur envoyer de ses nouvelles par son prétendu valet, dûment stylé pour la circonstance.

Huit mois entiers s'étaient écoulés, en effet, sans qu'ils eussent revu le voyageur dont le retour aurait dû être cependant si prompt. Pierre avait quitté à l'automne la maison paternelle ; l'on approchait maintenant de l'été, et rien n'annonçait encore l'arrivée de ce fils aimé, objet unique de leur tendresse et de leur orgueil. Quel avait été son sort depuis le jour déjà lointain où son laquais était venu calmer un instant leurs alarmes ?

Un soir de juin, assis dans la salle que nous connaissons déjà, devant une fenêtre dont le vitrail ouvert laissait pénétrer une bonne odeur de jardin fraîchement arrosé, les deux vieillards ruminaient leurs tristes pensées, sans oser se communiquer les inquiétudes qui les assiégeaient, lorsque le bruit du marteau extérieur, agité par une main impatiente, retentit dans la maison. Oppressés par un commun pressentiment, retenant leur haleine, ils entendirent ensuite des voix confuses, puis le grincement des gonds de la porte cochère, puis le choc des sabots de plusieurs chevaux sur le pavé de la cour, puis enfin des pas précipités.

Le vieil échevin s'était dressé tout pâle, pendant que sa femme, non moins émue, faisait d'inutiles efforts pour se soulever, raidissant ses mains débiles sur les bras de sa stalle, lorsque la porte s'ouvrit. C'était bien lui, c'était leur enfant !

— Enfin !...

Mais le cri de cette double tendresse fut aussitôt comprimé par l'étonnement : Pierre n'était pas seul. Une femme, dont les premières ombres du crépuscule ne permettaient pas de distinguer les traits, s'appuyait sur sa main gauche.

Pierre et sa compagne s'avancèrent d'un air grave et vinrent s'agenouiller ensemble devant les deux vieillards stupéfaits.

— Mon père, ma mère, dit le jeune homme, daignez accueillir et bénir vos enfants !

L'échevin, reprenant son sang froid, répondit d'une voie émue :

— Nous te donnons accueil et bénédiction, mon fils, ainsi qu'à cette jeune dame que tu nous amènes, bien que nous ignorions encore la raison de ceci, car nous avons en toi pleine confiance.

— Celle que j'ai la joie et l'honneur de vous présenter ici, mes parents vénérés, est votre fille comme je suis votre fils, car la sainte Eglise catholique et romaine nous a unis suivant ses rites et canons.

L'austère bourgeois resta un instant muet de surprise, puis, faisant un effort :

— Ma bru, que je ne connais pas encore, doit être digne de mon fils, puisque mon fils l'a choisie. La bienvenue soit-elle dans ma maison.

— Comme elle en est déjà la bien-aimée ! ajouta doucement la mère.

Pierre reprit alors :

— Certes, ma mère, et plus encore que vous ne supposez, car vous l'avez élevée sur votre propre sein. Avant d'être votre bru, elle fut votre nourrisson...

— Magdeleine ! s'écrièrent simultanément les deux vieillards au comble de la stupeur, Magdeleine de Beaurepaire ?

— Oui, Magdeleine, répondit celle-ci en se relevant et en se jetant dans les bras de sa mère adoptive, Magdeleine la superbe, Magdeleine la folle, Magdeleine la coupable, à qui Dieu, miséricordieux jusque dans sa colère, a envoyé un messager terrible et un époux adoré !

— Ai-je bien compris ? Ma raison et ma mémoire ne me trahissent-elles point ? s'écria

Lardinois. Quel évènement ignoré est donc survenu, pour que celle qui était hier la victime et l'épouse résignée de l'aventurier Spada, soit aujourd'hui la femme de mon fils ?

— L'explication est simple, mon père, dit Pierre en se relevant à son tour : c'est moi qui suis Spada !

Le vieillard parut atterré par cette révélation ; il fit un pas en arrière et s'affaissa sur un siège, en fixant sur son fils ses yeux agrandis par un indéfinissable mélange d'effroi et d'orgueil, d'horreur et d'admiration.

— Calmez votre émotion, mon père. Ce n'est pas par vocation pour le sanglant métier des armes, surtout tel qu'il est compris et praqué en ces temps de haines farouches et de violences implacables, que votre fils a interrompu son honnête et calme tradition de famille ; d'autre part, je ne cours ici aucun des risques que vous redoutez pour moi en ce moment. Je lis dans votre regard que ce sont là les deux pensées qui vous dominent. Vous avez le droit de tout savoir, comme j'ai, moi, le devoir de tout vous dire. Apprenez, dès à présent, que Spada n'existe plus ; notre gracieux seigneur, le roi Philippe, l'a rappelé des Flandres où sa mission impitoyable était désormais sans objet, et a daigné confier les fonctions d'agent confidentiel au nouveau baron de Baurepaire.

— Ceci vaut mieux, en effet ; mais il me semble que feu M. le baron de Baurepaire, dont Dieu ait l'âme, n'avait laissé aucun héritier mâle...

— Aussi le titre a-t-il été relevé par nouvelle investiture, avec tous droits et privilèges y attachés.

— Puisse cette faveur insigne être échue à un successeur qui porte comme il convient le nom de ce loyal gentilhomme !

— Avec l'aide de Dieu, j'espère que l'honneur de Baurepaire ne périclitera pas entre mes mains.

— Quoi ? Comment ! Que dis-tu !... C'est toi... c'est toi qui...

— Oui, mon père, c'est moi ! C'est à moi

que notre auguste maître, du libre consentement de l'héritière de Beaurepaire, a daigné
accorder cette grâce. Vous en êtes le premier
instruit, car Magdeleine et moi, nous arrivons
en ce moment même de Madrid.

Alors, au milieu des effusions que ces premières explications avaient suspendues, Pierre
raconta aux deux vieillards ses longues aventures et les raisons toutes personnelles qui
en avaient été le point de départ. Plus d'une
fois ce récit arracha des cris d'étonnement
et de réprobation à l'échevin et des soupirs
résignés à la vieille dame, et Magdeleine
elle-même, quand le conteur arriva à l'é-
pisode effroyable du sac de Douxlieu, frémit
et cacha dans ses mains son visage rouge de
honte.

— Tout cela est épouvantable, dit Lardinois lorsque Pierre eut terminé, et j'ai quelque peine à reconnaître mon fils dans ce terrible exécuteur... Je savais que la guerre était un
fléau vomi par l'enfer, mais l'idée que je m'en
faisais était bien loin encore de la réalité. Et

la politique impitoyable et sombre qui poursuit
son but à travers le carnage, les misères, les
larmes, ne vaut pas mieux... Je remercie Dieu
et Notre-Dame, mon enfant, de ce que tu
aies traversé sain et sauf de si nombreux périls,
et surtout de ce que tu aies enfin quitté ces
voies sanglantes... Mais, ajouta-t-il avec quelque hésitation, les hommes de ta troupe ont
donc évacué ce fatal château?

— Non, mon père. Je vais les licencier sous
peu de jours, à l'exception cependant de ce
qu'il me faut pour garder Douxlieu.

— Tu oublies que ce domaine fait partie du
patrimoine de la famille de Douxlieu et non
de celle de Beaurepaire.

— La feue douairière en avait fait donation
régulière à Magdeleine, en vue du mariage de
sa belle-fille avec le sire du Harnel. La partie
a tourné contre mes adversaires, l'enjeu m'appartient, et je le garde.

. . . .

Quelques semaines après la reconnaissance
de famille dont la maison de l'échevin avait

été le théâtre, une scène d'un autre genre, mais qui ne laissait pas d'avoir aussi son côté pathétique, se passait dans une des salles du château de Douxlieu.

Le bon castel avait bien changé d'aspect depuis le jour où le soleil levant l'apercevait nu, déchiqueté, grimaçant au milieu de ses remparts par ses huis et fenêtres enfoncés, comme une squelette aux yeux vides dans un cercueil de granit. Le vieil édifice moribond était ressuscité plus robuste et plus brillant que jamais : derrière ses remparts, sur la paroi desquels on aurait vainement cherché une lézarde ou un bloc disjoint, il élançait son groupe de hauts pignons dont les dentelles et les festons de pierre se découpaient en blanc sur l'azur du ciel, et son colossal donjon dont les flancs fraîchement restaurés semblaient n'avoir jamais été déshonorés par la fumée des incendies. A toutes les issues apparaissait la couleur chaude du chêne nouveau soigneusement huilé sur laquelle tranchait le froid éclat des ferrures récemment forgées ; aux

fenêtres, le plomb des vitraux n'avait pas encore eu le temps de s'oxyder, et les appartements avaient retrouvé comme par mira-
cle un confort et une spendeur tels qu'ils n'en
avaient plus connus depuis un siècle. L'or
plébéien des Lardinois avait fait merveille
dans cette demeure seigneuriale longtemps
abandonnée aux soins mercenaires des inten-
dants.

Le nouveau baron de Beaurepaire se tenait
dans une salle qu'il avait fait disposer et meubler
pour son usage personnel et qui participait
tout à la fois du cabinet d'études et de la salle
d'armes, car on y voyait à côté de rayons chargés de livres précieux, des rateliers garnis
d'épées et de dagues entretenues avec soin.
Il compulsait, en l'annotant au passage, une
liasse de parchemins de forme allongée qui
n'étaient autres que les contrôles de sa compagnie, — car le redoutable capitaine était un
homme d'ordre, et les violentes émotions des
batailles ne lui avaient point fait oublier les
bonnes habitudes de sa première éducation.

A côté de son siège bâillait, tout grand ouvert et rempli d'or, un de ces lourds coffres
de fer historié dont la serrure, chef-d'œuvre
de mécanique, occupe tout le dessous du cou-
vercle.

Une douzaine de personnages à mine de
bretteurs étaient debout à quelque distance,
parmi lesquels le lieutenant Gomez, reconnais-
sable à sa taille de géant et à sa ressemblance
avec Spada, et l'honnête José, que ses traits
mobiles et cocasses auraient fait prendre pour
un bouffon, n'était la lourde rapière qui lui
battait les mollets. Ces douze hommes d'épée
constituaient l'état-major des routiers qui avaient
autrefois troublé le sommeil du Magistrat de
Lille.

— Tes cent hommes sont au complet, Gomez ; en voici la liste... Mais songes-y bien. Il
est encore temps d'y revenir. Tu peux rester en
ce pays et y vivre tranquille et libre ; choisis tel
de mes châteaux qui te plaira, tu y seras mon
intendant, mon lieutenant, si tu préfères ; tu y
feras souche d'honnêtes gens et tes fils reste-

ront avec mes fils comme tu seras resté avec
moi. Ne préfères-tu pas ce sort honorable et
sûr à l'incertaine destinée d'un homme d'épée ?
La guerre, mon brave champion, est un moyen
et non un but. Le but, je te l'offre, à toi et à
tes compagnons qui furent les miens. Les ami-
tiés fidèles sont rares en ce temps-ci, comme en
tous les temps d'ailleurs ; crois-moi, Gomez,
hâte-toi de fermer la main où je mets la
mienne ?

Le colossal montagnard à qui s'adressait ce
discours avait fait un pas en avant ; il se trouvait ainsi isolé devant le groupe dont il faisait
partie et l'on pouvait suivre sur ses traits l'im-
pression que lui causaient les paroles de son
chef. Il était visiblement ému. Les bras croisés
sur son pourpoint de peau de chamois, la tête
baissée, il restait silencieux, perplexe, et il allait peut-être accepter les propositions du châtelain, lorsque Nino-Nina, le gracieux page,
se glissant hors des rangs, s'avança furtivement
derrière lui et, lui mettant la main sur l'épaule,
murmura à son oreille quelques mots en lan-

gue basque. Gomez releva alors vivement la tête et répondit sans plus d'hésitation :

— Merci, capitaine, merci du plus vrai de mon âme ! Tant que Gomez vivra, il gardera votre souvenir, celui de vos bienfaits et celui de vos offres généreuses, et si quelque jour, ce qu'à Dieu ne plaise, vous vous trouviez en assez mauvaise fortune pour avoir besoin de l'épée que voici, si long que soit le chemin, je jure ici devant tous qu'elle viendra à votre appel. Mais mon destin n'était point de vivre en paix en ce triste pays : je meurs d'ennui et de froid, inactif dans ces brumes de Flandre. Mes belles montagnes m'appellent et j'en rêve chaque nuit. J'aime la bataille et les aventures, n'ayant jamais connu que cela depuis que j'ai les yeux ouverts. J'en ai faim et soif. La guerre n'est que hasards, je le sais bien, puisque sans vous elle m'aurait valu la potence ; mais quelle monnaie n'a son revers ? Vaincu, on est tué ou pendu, oui ; mais vainqueur, c'est le pillage et le sac, c'est la satisfaction illimitée de toutes les passions allumées par le combat... Vous me comprenez, capitaine. Il y a dans cette vie-là une volupté âcre et sans bornes qu'un homme comme moi ne peut pas oublier quand il y a mordu à pleines dents. Voilà pourquoi je préfère ma liberté avec ses hasards, au sort assuré que votre générosité me présente... Et, pour tout vous avouer, il y a aussi une autre raison, ajouta-t-il d'une voix plus hésitante. J'ai promis à Nina, à Nino, veux-je dire, de le ramener dans son pays.

— Avance, Nino, interrompit le châtelain, et parle librement.

Le page vint appuyer sa délicate et charmante petite personne sur le robuste bras du montagnard et, tirant sa toque, dit lui-même d'une voix émue :

— J'ai aimé et servi le vaillant capitaine Spada, aussi longtemps que Spada a été de ce monde. Moi non plus, je n'oublierai jamais sa force et sa bonté. Aujourd'hui, Spada n'est plus, et si je tiens le baron de Beaurepaire pour un noble et fier gentilhomme, je ne puis l'aimer

et lui n'a que faire de mes services. J'aime
Gomez qui ressemble à Spada, qui m'a sauvé
de l'outrage des soldats de Lille et qui est un
brave cœur. Plaise à monseigneur le baron de
Beaurepaire octroyer au pauvre Nino licence
de regagner l'Espagne en compagnie du capitaine Gomez.

Le baron resta impassible, en apparence du
moins.

— C'est bien, se contenta-t-il de répondre,
votre volonté sera respectée... Et toi, Landry,
pars-tu aussi ?

Landry partait, Hugonnet partait, Gontaud
partait, Lesourd partait, Alvarès partait, ils
partaient presque tous ; il ne restait plus à inter-
roger que José, Michel, le fils de l'ouvrier des
Lardinois, et trois autres des plus vieux routiers.

— A ton tour, José, dit le seigneur de
Douxlieu de sa voix grave.

— José reste ; avec la permission de monseigneur, il servira Beaurepaire, comme il a
servi Spada !

— C'est bien, répéta le baron ; qu'il soit fait selon ton désir. Que souhaites-tu ?

— S'il plaît à monseigneur d'accorder à son vassal la survivance de maître Ghesquières qui n'a point été remplacé encore, José tâchera de devenir pour Douxlieu un intendant honnête et un bailli passable.

— Soit ! Passons à toi, Michel.

— Pour moi, la question est superflue, monseigneur ; mon propre père me renierait si je ne restais l'écuyer de Pierre Lardinois, quelle que soit la suite de son nom, Spada ou Beaurepaire !

Les autres déclarèrent également vouloir rester, ajoutant qu'ils parlaient en même temps au nom des hommes qui composaient leur escouade ; c'étaient une quarantaine d'épées qui demeuraient au service particulier du baron. Ces hommes furent répartis, séance tenante, à divers titres et fonctions dans les vastes domaines de la maison de Beaurepaire ; après quoi, le châtelain, puisant à pleines mains dans le coffre de fer, fit sur la table

une série de monceaux d'or de hauteur
inégale.

— Voici le don de l'étrier, mes amis, dit-il ;
à mon tour, je vous promets que mon aide ne
vous fera point défaut quand vous viendrez la
requérir. Prends cet or, Gomez, et va choisir
dans ma salle d'armes l'équipement qui te
plaira le plus : ceci est ta part ; cela, celle de
tes hommes. Nino, voilà la tienne. Tiens,
Landry, tiens, Alvarès....

Il continua de la sorte jusqu'à ce que tous
fussent pourvus et la table vide. Les largesses
du nouveau seigneur atteignirent, ou peu s'en
fallut, le total de dix mille écus d'or.

Peu de jours après, le château de Douxlieu
perdit son aspect farouche de forteresse. De
sa garnison dispersée une partie s'était éloi-
gnée par petits groupes ; une autre s'était
éparpillée homme par homme ; seul, Gomez,
suivi de son gentil page, était parti à la tête
d'une troupe respectable, bien ordonnée, et
d'aspect militaire. Il n'était resté à Douxlieu,
sous les ordres de José, qu'une quinzaine

des anciens routiers, devenus gardes-fores-
tiers, gardes-chasse ou gardes-pêche, c'est-
à-dire juste ce qu'il fallait, en temps ordinaire, pour assurer l'ordre et la sécurité
dans cette vaste demeure si bien défendue
par elle-même.

XXVI

LES NOUVEAUX JUMEAUX.

Le dernier dimanche de mars de l'année mil-cinq-cent-septante-et-neuf, il y avait grand émoi dans la rue Esquelmoise, qui était la principale du quartier Saint-Étienne, en la forte ville de Lille-en-Flandre. C'était pourtant le jour de Pâques, et les Flamands n'é-taient alors ni moins bons vivants, ni moins bons chrétiens que vingt-six ans aupara-vant; et ils avaient pieusement conservé la coutume de compenser les quarante jours d'abstinence annuelle prescrits par l'Église. en exécutant à la lettre le proverbe canoni-que :

« Pâques, que Dieu bénisse :
» Long dîner, court office. »

Mais ce jour-là les bonnes gens du quartier paraissaient négliger au moins la moitié de ce consolant aphorisme, car, bien qu'il fût midi, heure du repas sérieux à cette époque, la rue présentait le spectacle d'une animation inaccoutumée. Pas une porte qui ne fût ouverte, pas un auvent qui n'abritât un groupe bruyant dont l'élément féminin constituait la majorité. Le principal foyer de cette agitation était le somptueux hôtel du sire de Beaurepaire, dont on apercevait les pignons à dentelle de pierre, les tours pointues et même le perron à balustrades, par les portes béantes de sa muraille crénelée.

Mais, au rebours de ce que l'on avait vu autrefois, l'entrée était ouverte à tout venant, bourgeois ou gentilhomme, et maître Berthould, toujours rogue malgré ses cheveux blancs, toujours tiré à quatre épingles comme il sied à un vieux soldat, debout sur le seuil, les bras croisés sur sa souquenille noire, regardait d'un air maussade, mais sans malmener personne, cette affluence subalterne qu'il con-

sidérait comme attentatoire à la dignité du noble palais.

L'évènement qui mettait ainsi les habitudes
à l'envers n'avait rien qui intéressât l'Église ni
l'État. Le fait était d'un caractère absolument
pacifique et privé : il s'agissait simplement d'un
accouchement qui était un nouveau phénomène : la jeune baronne de Beaurepaire
venait de mettre au monde deux magnifiques
jumeaux, une belle . fille et un superbe
garçon.

— Tout ça ne pouvait manquer d'arriver,
conclut une matrone avec l'autorité que trente
années de ménage donnent à toute femme en
cette matière ; moi qui vous parle, j'ai assisté
à la naissance des jumelles de Beaurepaire et
des jumeaux de Lardinois, — quand je dis que
j'ai assisté, vous me comprenez, j'y ai assisté
comme j'assiste présentement à celle d'aujour-
d'hui, — et j'ai prédit alors que c'était signe
de mariage entre les deux familles... On s'est
gaussé de moi... Mariage entre noble et vilain !
Ça paraissait impossible ; demandez plutôt à

maître Berthould... C'est arrivé néanmoins. Et du moment où ça arrivait, les jumeaux devaient arriver aussi. Ces choses-là, c'est héréditaire dans les familles.

. . . .

Le double baptême eut lieu en l'église St-Étienne, dont le porche gothique ouvrait sa triple baie juste en face de l'hôtel de Beaurepaire, avec une pompe et au milieu d'une affluence extraordinaires. Le corps échevinal tout entier assistait à la cérémonie et toutes les corporations y étaient représentées par leurs syndics, Pierre ayant hérité de l'ancienne popularité de son père, et chaque bourgeois se sentant solidaire de ce plébéien qui avait rompu, à la force du poignet, les barrières de la caste privilégiée. Ces mêmes motifs auraient sans doute éloigné de la fête la totalité des hobereaux lillois, si les craintes secrètes que le passé du redoutable capitaine inspirait pour l'avenir n'avaient parlé plus haut que les susceptibilités mondaines. Par suite de cette combinaison de circonstances, les jumeaux de Lardinois-Beaurepaire eurent l'insigne avantage — auquel ils parurent d'ailleurs accorder peu d'attention — de compter autour de leurs fonts baptismaux un véritable concert des trois ordres sociaux, la noblesse, le clergé et le tiers-état. Mais de tout ce monde, l'homme le plus glorieux et le plus heureux était un personnage vêtu de velours noir tailladé de satin feu, maniant avec une remarquable désinvolture une longue et riche rapière à pommeau d'or ciselé ; de taille moyenne, osseux, souple et robuste, il portait tombant jusque sur les épaules ses cheveux d'un noir de jais que rayaient quelques fils argentés, et ses yeux sombres, ses pommettes saillantes, son nez busqué, ses lèvres épaisses visibles sous une légère barbe noire à deux pointes, donnaient à son visage une expression étrangement complexe de jovialité, de ruse et d'audace. Ce seigneur, que les gens de la foule se montraient les uns aux autres, était le parrain

du nouvel héritier de Beaurepaire; sur le re-
gistre paroissial, il signa avec lenteur et majesté : « don Yago de Villaréal y Fergaro y
Marana y Santobal y Ruantès y Carrazolles,
surnommé Matapan. »

Il y a quatre-vingt-dix ans, on pouvait voir,
encastrée dans la muraille de la chapelle de
la très riche et très joyeuse abbaye de
Cysoing, une pierre funéraire constellée d'é-
cussons au milieu desquels s'étalait l'inscrip-

tion suivante :

Ci-gît
très haut et très noble
Pierre-Henri-Hercule-Dieudonné
Lardinois,
baron de Beaurepaire,
seigneur de Douxlieu, Harnes,
Raismes, Rœux, Aubigny,
et autres lieux,
mestre-des-camps de S. M. très chrestienne
Louis XVe du nom,
roi de France et de Navarre,
quatorze fois blessé
en la glorieuse journée de Fontenoy
et pieusement décédé
en ce saint lieu
le Xe jour de septembre
mil-sept-cent-quarante-cinq.
R. I. P.

Ce digne gentilhomme avait pour trisaïeul
le fils du syndic des drapiers de Lille, et avec
lui s'éteignit la descendance mâle de Spada-
La-Rapière.

FIN.